新 潮 文 庫

メタモルフォシス

羽田圭介著

新 潮 社 版

10427

目次

小説家は変態くらいでちょうどいい　島田雅彦

メタモルフォシス

メタモルフォシス

一人の愛好家が死んだ。

モーニングセットを食べるついでに喫茶店の棚から手に取った実話系週刊誌を読んでいたサトウは、スツールに座ったまま姿勢を正し、当該記事を読み直す。

「背中にハローキティの刺青!? 多摩川支流で見つかった身元不明男性遺体に囁《ささや》かれる〝噂《うわさ》〟」

九日午前八時四〇分頃、東京都西多摩郡奥多摩町の多摩川支流栃寄大滝で、男性が倒れているのを釣り人が発見、一一〇番通報した。

警視庁青梅《おうめ》警察署の署員が駆けつけたが、既に死亡していたことが確認された。

　記事によれば発見時において死後数日が経過していると推定された男性は、黒色ビキニパンツのみ着用、前に回した両手首には手錠がかけられており、水深約四〇センチの浅瀬にうつ伏せの状態で倒れていた。背中と右脚には特徴的な刺青が彫られており、鼻と口元に粘着テープが貼《は》られていた跡、腹に数カ所の刺し傷があった。近くの山林内に男性のものとみられる服とバッグが落ちており、現金や石膏《せっこう》、マッサージオイルなどが発見されたものの身元を確認できるようなものや遺書は入っていなかった。腹を刺すのに使われたとみられる刃物の類《たぐい》も見つかっていない。


　人里離れたところで変死体が見つかる程度の事件は珍しくもないが、この遺体には特徴があった。捜査関係者の話によると「新聞等で報じられた記事中の『特徴的な刺青』とは、実は右の太股《ふともも》には『ぼくは豚野郎だワン』という文字が、背中一面にはハローキティが大きく描かれたもの」。

　また、こんな噂もある。性風俗に精通した業界関係者によると「マゾをこじらせ常人では考えられないような辱《はずかし》めの刺青を入れるＳＭ愛好家は沢山いる。ＳＭプレイの最中に事故死したと思われる変死体も、国内で年に数体は見つかっている」そして「背中に大きなハローキティの刺青を彫ったマゾヒスト男性がかつて業界で名をはせたことがある。愛好者の中ではよく知られた人物で、同一人物なのではないか」一〇日に司法解剖済みであり、警視庁捜査一課などは自他殺両面で調べを続け……

午前六時半という早い時間帯であるにもかかわらず、オフィス街に立地する創業二八年の地元密着型純喫茶は入店した一〇分ほど前と比べて込みあってきている。あえて外資系カフェチェーン店を避ける嗜好《しこう》の客達が多く訪れているのだろう。隣の席に若いOLふうの女が腰掛けたこともありサトウは広げていた週刊誌を閉じた。モカブレンドコーヒーの残りを飲みながら、思索する。

勝手な辻褄《つじつま》合わせに過ぎないと、サトウはできるだけ冷静になろうとする。それでも、一つの結論から逃れようはなかった。記事中のいくつかの点が、それを決定的なものとしていた。

黒色ビキニ、手錠、腹部の刺し傷、鼻と口にテープを貼った跡、石膏、マッサージオイル、そしてなにより背中と右脚に彫られた「特徴的な刺青」。該当するのはサトウの知る人物に間違いなかった。

クワシマ。

週刊誌や新聞の死亡事故記事と官報の行旅死亡人欄の〝正しい〟読み方をサトウたちに教えてくれた張本人であり、まぎれもない真性マゾヒストであった男。

かねてより切腹プレイを至上の目標にかかげ日々研鑽《けんさん》を積んでいた彼が、ついに自ら死亡記事の中の人物となった。そして、このテクストの読み方を知るサトウが読み終えた今、クワシマの目標はようやく完遂されたのかもしれなかった。

鼻と口元に残っていたというテープ跡が、志の高さを物語っている。切腹に窒息プレイの快楽まで合わせたとは、並みの精神力ではない。鋭い刃先が柔らかい皮膚と臓物を裂く瞬間、酸欠による快楽状態の中でクワシマはなにを感じたのだろうか。知人が実際にやり遂げてしまったという事実により、想像が肉体の側にはみ出してきて、サトウの身体《からだ》に苦痛と快楽が訪れた。

そしていっぽう、死んだのがクワシマであるとはわかっても、他のことに関してはわからないことだらけであった。

生と死の綱渡りをしている最中、クワシマの意識の中に、彼岸へは行くまいとする自制心はちゃんとはたらいていたのであろうか。サトウが見てきた限りでは、クワシマというわがままな奴隷《どれい》男に自殺願望など一切なかったはずだ。たまに飲めば、石膏を入れたバスタブの中で身動きがとれず死にそうになった話を楽しそうに何度でもした。あの生気にあふれた顔が、強烈に思い出される。

生きて戻るつもりだったとして、立会人がいたはずだ。共通の知り合いである六人の女王様のうち、誰が立ち会ったのであろうか。マゾヒストの欲望から察するに、女王様に刺してもらった可能性が高い。そしてその誰かは、奴隷の腹を深く刺しすぎるというミスで生死の境界をも突き破り、クワシマが向こう側へ行ってしまうのを止めることができなかったということなのだろうか。

自分自身の強烈な勃起《ぼっき》に気づいたサトウは、週刊誌を股間《こかん》の上に置いた。

東京証券取引所の前場が終わった午前一一時半、ヤナイ課長の大声がフロア中に響き始めた。

「午前の手数料売り上げ報告いくぞ、ウチヤマから」

小口顧客に株や投信、債券等を売りつけ取引手数料を稼ぐリテール部門では刻一刻と変化する株価や為替相場を見ながら顧客へ電話連絡をとったり訪問で商品を受注するという手順を踏むことから、前場と後場それぞれの取引開始時刻と終了時刻が一日に四回訪れる区切りとなっていた。

「三二万です」

「よし、午後からは外まわって投信獲《と》ってこい。特にキャンペーン商品、どれも麴町《こうじまち》に抜かれたままだからな。次」

「三〇〇です」

「は？　三〇〇〇万じゃなくてか？」

「はい、三〇〇〇円です、申し訳……」

「馬鹿《ばか》野郎、おまえみたいな奴《やつ》にも給料いくら払ってると思ってんだ？　それでも金玉ついてんのか？　支店の皆に迷惑かけてんじゃねえぞ、死ぬ気でやれ、八万達成するまで立って電話してろ、後場が始まるまでに達成できてなかったら殺すからな。次っ」

サトウにとり、ここ日本橋支店は三店目の配属先であった。支店長や課長といった役職クラスの上司たちが日々恫喝《どうかつ》を繰り返すという点ではどこも同じだ。入社八年目のサトウはある程度要領よく仕事をこなせるようになっており、たまに売り上げが悪い日に受ける恫喝にも耐性がついてしまっていた。国家公務員Ⅱ種試験を受け省庁に就職できる上限年齢である満二八歳という節目を通過してしまって以後、対面型証券会社という斜陽産業に身を置くサトウの覚悟は決まり、転職を考える機会も激減した。

「次」

「二七万です」

サトウによる返答にヤナイ課長は短く頷《うなず》く。

「よし、後場は外で投信、外債ぶち込め。次」

罵声《ばせい》はその後一〇分弱続き、目標を達成できた者は後場が始まるまでの四〇分ほどの残り時間内に昼食を済ませるべく急いで外へ出て行き、達成できなかった者はデスクに張りつき顧客へ電話で営業をかけ始める。

サトウも外へ出ようとして鞄《かばん》から財布と携帯電話だけ取り出すと、携帯電話の着信通知ライトが点滅していた。メールが一通届いており、「光《ひかる》」という差出人名を確認したとき、身体に緊張が走った。恐怖と期待にとらわれたまま、メール本文を開く。

〈午前の相場はどうだったのかしら豚野郎。今からトイレへ行って、アヌスにローターを突っ込むところからオフィスの誰かへ偉そうに説教するまでを長まわしの動画として撮りわたしにメール送付しなさい。正午までに。〉

メールの着信時刻は午前一一時三一分で、現在時刻は一一時五一分であった。時間外調教を遂行すべくサトウは鞄から巾着袋《きんちゃくぶくろ》を取り出し男性用トイレへ向かった。個室へ入り巾着袋の中から白色の無線式ローターとワセリンを取り出す。ズボンとパンツをずりさげ左手に持った携帯電話の録画モードをオンにし、ワセリンを塗ったローターを尻《しり》の穴に入れるところからズボンとパンツを穿《は》きリモコンのスイッチをオンにするところもちゃんとカメラにおさめた。自分と相手の話し声を拾いやすいよう、サトウは左手に携帯電話を持ったままフロアへ戻った。役職クラスの上司たちもいなくなっており電話営業を行っているのが七人、うち、立ったまま行っている者が三人いた。一人は先輩で、二人いる後輩のうち入社一年目の新人ではなく入社五年目になるシバタに狙《ねら》いを定めた。仕事でドジばかりやらかしており成績も低く、飲み会の場などで誰からも気軽にいじられているような人物だ。営業に失敗したらしきシバタが固定電話の受話器を置いたところで、サトウは声をかけた。

「駄目だったのか」

「あ、はい」

「今いくらだ」

「まだゼロです」

下卑たように苦笑してはいるが、その態度の奥には面《つら》の皮の厚さが透けて見える。

三年目離職率が五〇パーセント以上とされるこの業界で、仕事ができず上から責められ続けているにもかかわらず辞めずにいる時点で、その神経の図太さは保証されているということだ。

「なに笑ってんだよ」

先輩風を吹かせたりするどころか普段は役職クラスの上司たちへの不平不満をともにこぼし合っているはずのサトウの口調が険しくなっていることに、シバタは当惑しているようだった。一応というふうに謙虚な反省態度をとりだしたが、会社で五年間毎日繰り返されてきた恫喝に耐性ができてしまっているのはサトウから見ても明白である。

「すみません」

シバタは肌荒れのひどい顔を軽くうつむかせたものの、目の奥はほとんど動じていない。それは声にも表れていて、「偉そうに説教する」という命令をちゃんと遂行できていないことを光女王様に気づかれてしまうとサトウは思った。形だけの反省態度を示しているシバタは意識的になのか不自然なほど微動だにせず沈黙を保ち、逆に先輩社員の攻撃の意図を探ろうとしている。神経の太さではじめから自分のほうが負けており数秒後には立場が逆転してしまうと焦《あせ》ったサトウは必死に、口にすべき言葉を探した。目の前にいる居直った男の心をどうすれば揺さぶれるのだろうか。人任せにするばかりであった自分には、そのための調教技術がまだ備わっていない。ふと、尻の穴に突っ込んでいるローターの振動が、サトウの身体に刻まれた言葉を思い出させた。

「この豚野郎、おまえ金玉ついてんだろ？　ガキの使いじゃねえんだ、乳首と金玉ペンチで潰《つぶ》すよ。なんでまだ売り上げゼロなんだ？　どういうことか説明しなさい」

色々な人から浴びせられてきた罵倒の言葉がごく自然と口から出てきた。だが、もっと本質的に目の前の男を責めなくてはとサトウは感じた。シバタがもっとも言われたくないところを突かなければ光女王様のようにはなれない。

「だいたいおまえ、成績悪いくせに居直れている自分をタフガイだとでも思っているんだろうが、むこう数年以内にリストラされるのが確実なのに、こんな狭い業界にしがみついて慢心してどうすんだ。ろくにセールスもできない人間なんて、他業種の営業でも雇ってくれるわけがないだろう」

今度は借り物ではない、自分の言葉がサトウの口から出た。シバタの様子は今までとは異なり呼吸が浅く短くなって、足を一歩も動かさないまま身体を前後左右に揺らしている。ふと、立ったまま昼休憩返上で電話勧誘をしていた先輩と後輩が呆然《ぼうぜん》としたように視線を向けてきていることにサトウは気づいた。メール調教の一環ということも忘れ真剣に言葉を探してしまっていた。壁の時計を見てあと二分ほどで午後を迎えてしまうことを知ったサトウは切り上げ、撮影動画を光女王様へメール送付すべく再びトイレへ向かった。

＊

午後四時過ぎにサトウが外回りから帰ってくると、対面窓口で入社一年目の一般職女子社員が老男性相手に商品説明をしていた。

「今後ゆっくりとインフレが進んでゆく日本で短期国債、ならびに長期国債を買われた場合、インフレ率に金利が負けてしまうという可能性も考えられます。これから長期的な成長を遂げるブラジルの国債であれば、リスクヘッジになるばかりでなく好利回りも期待できます」

利回りと株価収益率の違いもよくわかっていないような私立大学文学部出身の二一歳女子が、いっぱしに金融用語を振り回し、客である老男性も笑顔で頷いている。定年退職金を運用しだす年齢より一回り近く上の七〇代と見受けられ、先祖代々続いてきた地主の類とサトウは推測する。証券会社で働く人間が業務上のストレスを少しでも減らすためには、一攫千金《いっかく》を狙っているような貧乏人ではなく騙《だま》されやすく些細《ささい》なことでは怒らない金持ちを相手にすることが優先された。前者の場合、取引手数料をたいして得られないわりに損失を出した際のクレーム処理で苦労させられるのが常であるからだ。

「……それもいえることですが、変動国債はインフレヘッジを行うには最適であるものの、たとえば今後一〇年以内に日本であまりにも急な高インフレが起こるということは考えられず、だとしたら積極的な運用を行うために外債をご購入いただいたほうがお客様の運用上有利になると思います」

ろくな額の手数料もとれない日本国債を買いたがる顧客に高額手数料の外債を買わせるための言葉を、女子社員はマニュアルのまま口にしている。そして客の反応を聞く限り、使い回しのテンプレート言葉に納得しているようであった。株式取引の九割が取引手数料の格安なネット証券会社を通じて行われている今の時代に、割高な手数料ぶんだけ確実に負けることが目に見えている対面型証券会社を利用してしまうような人種は、本末転倒に気づかぬお人好《ひとよ》しである。手数料と引き替えに運用アドバイスを買っているのだとしても、業界にごく一握りだけ存在する有能地場ディーラーたちのような金融のプロではなく金融商品セールスのプロでしかない社員たちに、有効なアドバイスなどできるはずもなかった。そもそも目利《めき》きであれば会社員の身に甘んじているはずもないという当たり前のことに彼らは気づいていない。だからこそサトウたちは高給を得ることができた。

しかしそう遠くないうちに、自分たちは失業という罰を受けるであろうとサトウは予想している。パソコンやインターネットを使えない世代はあと一〇年もすれば消え、ネット証券会社しか利用されなくなる。対面型証券会社のうち優先的に新規公開株を買えるような最大手一、二社は銀行の傘下《さんか》に入るなりして生き残れるかもしれないが、このように三番手以下の証券会社が淘汰《とうた》されるのは明らかであった。金融業界内で転職しようにも、金融のプロではない証券会社リテール担当者たちを再雇用してくれる会社を見つけることなどもはやかなり難しいと、辞めていった元社員たちから聞かされている。一〇年後に倒産かリストラに遭うと仮定してもサトウはまだ四〇歳で、平均的な寿命に照らし合わせればその後の人生は四〇年近く続く。公務員になれず民間への転職も難しい状態でこれからどうすればいいのか考えかけるが、いつもと同じように途中で思考は停滞する。

ふと、川面《かわも》に浮かぶ黒ビキニ姿の男の背中がサトウの脳裏に映った。活字を読んだだけなのに、ここ数日間、何度も蘇《よみがえ》る鮮明な画だった。実年齢はわからぬがクワシマという男が四〇前後だったとして、平均寿命の半分しか生きられなかったことで、逆説的に彼は一瞬の輝きを得た。長い年月と複利効果で資産を増やすといったことは考えず、自らの道を追求して散っていったのだ。この先の人生、太く短く生きるというのもありかもしれないとサトウは感じた。

上司たちが帰り始めた午後八時過ぎ、一日の売り上げ目標を達成していたサトウは携帯電話のブラウザからＳＭクラブのホームページへとアクセスし、在籍する女王様たちの出勤表をチェックした。数時間後に始まるニューヨーク証券取引所の寄りつきを見ておく必要もない金曜の夜ということもあり、このあと時間を捻出《ねんしゅつ》できる。今夜から明朝にかけて六人中四人が出勤となっており、サトウはいったんビルの外に出ると店へと電話し光女王様の予約をとった。

上野公園内にある東京国立博物館本館近くの暗がりで、もう半時間近くも若いカップルが互いの身体をまさぐりあっている。そこから一〇メートルも離れていない東洋館の軒先にある植え込みに隠れるようにして、黒色ビキニに亀甲《きっこう》縛りという格好のサトウは微動だにせず立っていた。照明が落とされているとはいえ、月の光を反射する生白い肌が動いてしまえば、気配に敏感になっているカップルには気づかれるだろう。不埒《ふらち》な行為をしている連中が亀甲縛りの半裸男を見つけても警備員に知らせるとは考えにくいが、通報された場合逃走もままならず社会的人生が終わる。走るというなにげない運動でさえ前傾姿勢もとれず両腕も振れないこの状態ではおぼつかなくなることをサトウは数度の危機体験を通じ知っていた。深夜の六本木の公園で外国人少年たちに追われ、夜明けのJR新宿駅ホームで駅員から逃げ回ったこともあった。閉園時刻である午後一一時を迎えるまでの残り数十分間、奴隷としての忍耐力が試されていた。後ろ手に縛られたサトウの両腕の感覚は薄れるどころか普段より増している。不自由さを与えられでもしないと自分の身体の存在感を意識したりすることはない。彫像と化している限り閉園時刻まで耐えられる。閉園時刻を過ぎても公園内に潜み続けることは可能であったが、一般来園者たちというギャラリーがまったく居ない状態では野外放置プレイの意味がない。サトウはかくれんぼうをしているわけではなかった。閉園時刻間近になれば光女王様がサトウの服を持ってこの場へやって来てくれるはずであった。金曜の午後一〇時台といえば、遠く海を隔てたニューヨーク証券取引所では東京から一三時間半遅れの夏期午前相場が始まった頃であり、当然為替相場も動き続けている時間だ。夜という概念が、もはや希薄化していた。

ふと、ペッティングを中断したカップルがある方向へ目を向け警戒心を露《あら》わにしだした。サトウにも手綱《たづな》に繋《つな》がれた大きな犬と飼い主が近づいてくるのが見てとれたと思ったのも束《つか》の間《ま》、四つん這《ば》いで歩くシルエットが犬ではないことに気づいた。首輪を巻かれた若い男が女に連れられ散歩している。百合江《ゆりえ》女王様と自称警察官のサクラダだった。百合江女王様はタイトなワンピース姿で、サクラダは半ズボンに極小タンクトップという着衣姿ではあるもののその異様さは際立《きわだ》っている。規制強化で店舗型ＳＭクラブは違法店をのぞき壊滅し、残る派遣型ＳＭクラブのうち野外放置プレイを行ってくれるクラブもごくわずかしかなく、同じ嗜好をもつ者同士なじみの店や露出スポットを通じ、どうしても顔見知りになる。光女王様と百合江女王様は同じ店の仕事仲間で、サトウとサクラダも常連客同士であった。ひょっとしたらサトウとサクラダからの予約が入った時点で、女王様たちによる打ち合わせのもと、合同調教ということになったのかもしれない。サトウの中で期待が高まった。

カップルは手を繋ぎ警戒しつつ犬男と飼い主に視線を注ぐ。百合江女王様はそれに気づいていないフリをしながらサクラダを連れカップルへ近づいていった。サクラダがたてている犬のような荒い息づかいが十数メートル離れた位置からでも聞こえる。なんてうらやましい奴なんだとサトウは嫉妬《しっと》した。自分のペニスの存在が意識され呼吸も乱れる。カップルのうち男が、視線を向けたほうが相手より有利な立場にまわれるとでもいうふうに犬男と飼い主をあからさまに凝視しだした。その視線が、相手をますます引き寄せてしまっていることには気づいていない。しかし徐々に近づいてくる相手の異様さにようやく気づいたのか、カップルは足早に逃げ出した。誰もいなくなった噴水広場で百合江女王様がなにか言い、四つん這いのサクラダが短パンを足首までずりおろした。また一言声をかけられるとサクラダはペニスをしごきだし、一分も経《た》っていないところで鋭く一喝され、横腹を蹴《け》られ頭を叩《たた》かれていた。おあずけをくらって素直に従っているその姿からはとても、別の店の元常連ドS客だったというふうには見えない。次はこちらに来てくれるのではというサトウの期待に反し、百合江女王様は短パンをはき直した犬男サクラダとともに去って行った。

ぼくは二人を見ていたというのに、どうして二人ともぼくを見てくれないんだ。サトウは生殺しの感覚に押しつぶされた。蔑《さげす》んでほしいのに蔑んでくれない。だが、この視線への狂いそうな渇望感が、百合江女王様からのありがたい調教によってもたらされたものなのだとやがて悟ることができた。まったく予想していなかったおあずけに、サトウのペニスは完全に怒張していた。今の自分は完全にサクラダを出し抜いている。この真の勝敗関係をあとで知らせたらサクラダはどう悔しがるだろうとサトウはほくそ笑んだ。

誰にも視線を注がれないままじっとしていたサトウの視界に人影が現れた。よどみない足取りで近づき、アスファルトの歩道を打つハイヒールの音がすかさずうつむいたサトウの心臓にまで響く。顔を見なくとも足音のリズムで、誰であるか特定できた。許可されない限り奴隷の分際で女王様と目を合わせてはいけない。足音がサトウのすぐ近くで止まる。足音の主は黙っていた。秒単位で沈黙の時間が積み重ねられてゆくほどに、サトウの身体の重みは増していった。

「ちゃんとおとなしくしていた？」

「……い、光女王様」

約一時間ぶりに発する声は出だしがかすれ、すかさず頬にビンタが入った。

「はい、おとなしくしておりました、光女王様」

「そう」

咎《とが》めるわけでもなく、素っ気ない口調で光女王様は応じる。エリママも含む六人の在籍女王様全員とプレイ経験のあるサトウの印象では、対面時の光女王様の口調は最も女王様っぽさから遠いところにあった。

「二時半までだよね」

「はい」

プレイ時間は四時間半とたっぷりあった。一コマ九〇分が三コマぶん以上だと一五パーセントの割引が適用され、日によっては始発電車が運行するまでのあいだ惰性で半時間程度の無料延長サービスをつけてくれることもある。

「お散歩したい？」

「はい」

「じゃあ服を着させてあげる。縄ほどくから、後ろ向いて」

サトウは光女王様から亀甲縛りをほどいてもらう。腕のしびれや麻痺《まひ》はなかった。縄の扱いは関東一の女縄師とも呼ばれているサラ女王様がもっとも秀《ひい》でていたが、在籍する女王様は全員、客に怪我《けが》をさせない縄使いに精通していた。プレイ前に渡していた半ズボンと極小タンクトップをビニール袋に入ったまま返され、それに着替える。スーツの類は光女王様がコインロッカーにしまっておいてくれているはずであった。

「お座り」

手綱の繋がった首輪をつけられたサトウはすぐさま犬のお座りのポーズをした。

「お手」

車の暖機運転のように基本メニューをこなしてゆく。

「行こうか。立って」

手綱で引かれたサトウは二足歩行で移動し始める。四つん這いで移動してまわるには上野公園内は広すぎて、ある程度の人気《ひとけ》があるところに出るまでは二足歩行が許された。片側一車線の道路を越え上野動物園のある側へと渡ると、時折出くわす帰り間際の来園者たちからサトウはあからさまな視線を向けられた。

「お座り」

ようやくサトウは人前で犬になり地を這いながら移動し始めた。鉄門で閉ざされた動物園出入り口前に設置されている一〇前後の段ボールハウスの一つから上半身を出した中年男に目を向けられているのにもサトウは犬の目の高さで気づいた。公園一帯に寝ている一〇〇人近くのホームレスは午前四時数分前になると一斉に起きだし段ボールハウスを畳み、京成上野駅と東京メトロ上野駅の地下連絡通路へと寝床を移す。特に冬場になると地下連絡通路は暖房がつけられるためその差は大きい。サトウは昨年末の早朝、自称警察官のサクラダと一緒に上野公園の警備員に追われ、二人して地下通路で小一時間ほどホームレスにまぎれて身を隠したことがあった。

「お仲間だよ」

伸縮性のある手綱で繋がれたブルドッグが四つん這いのサトウを警戒し、飼い主である若い白人男性のまわりを行ったり来たりしている。白人男性も驚いた顔をし、手綱をひきよせコースをそれとなく変える。

「あんな犬と違ってタロウはおりこうさんね」

「わん！」

上野公園から出ると、首輪を繋がれたまま二足歩行の状態で上野駅近辺の繁華街に赴きところどころで四つん這いになったりアメヤ横丁を南の御徒町《おかちまち》へと練り歩いたりしながら、再び北へ向かった。行き着いた先は野外露出プレイのメッカ、谷中《やなか》霊園であった。数多くのＳＭクラブ事務所のひしめいている六本木・赤坂界隈《かいわい》から近いわけではなくむしろ離れているからこそ、ヒット・アンド・アウェイ戦法のようにこのエリアは頻繁に利用された。徳川慶喜《よしのぶ》公や近代の政治家、大学創始者、近代文学者等の著名人たちも眠る東京都心部の広大な霊園内は、二四時間開放されている。閉園時間が設けられている上野公園と異なり、ホームレスの姿は皆無である。だからこそ、深夜の来園者にはじゅうぶん警戒せねばならない。見つかってすぐさま通報される可能性があったし、猟奇的な暴力をふるわれる可能性もあった。公道に面した五重塔跡でサトウは首輪を外された。

「服全部脱ごうか」

わりとひらけた場所だがサトウは言われたとおり全裸になる。全裸でしゃがむサトウの視界には公道を歩く人の姿がある。光女王様がそばについている時は相手に全幅の信頼をおいてよかった。野外露出調教のプロである光女王様は土地勘のある場所でしか調教を行わない。曜日や時間帯による交通量や人の流れ方の違いもすべて頭の中に入っているらしく、忍び寄る足音の主が敵と味方のどちらであるか判別することに関しても驚くほど鼻が利いた。

万が一トラブルに遭遇し霊園から逃走する場合は、近くの鶯谷《うぐいすだに》方面へ逃げてはいけない。風俗店やラブホテルが林立しているため、不慣れな者は鶯谷を変態にとっての安全地帯と勘違いし、ますます窮地に陥る。鶯谷は古くからの風俗街であるいっぽう、住民ネットワークの強い下町という側面も有している。人口密度は高いが流動民同士相互関心度の低い上野繁華街へ逃げたほうがまだマシといえた。運悪く捕まったとしてもクラブは一切の関与を認めないし、奴隷のほうとしても残存する数少ない優良クラブを守るためにもクラブの関与を口にしたりなどしない。すなわち捕まることは孤独に社会的な死を迎えることを意味していた。

「甲八号の奥に誰かいるみたいだね。行ってみようか」

光女王様が先に甲一〇号エリアに立ち、隣接する甲八号エリアの様子をうかがうと、サトウに向かい一度大きく頷いた。ソールの薄いスニーカーを履いただけの格好でサトウは墓石と墓石の間を四つん這いで素早く移動する。犬のように身体を躍動させる度、睾丸《こうがん》袋がぺちぺちと音を立てながら両太股に当たり、己が無防備な状態でいることをいやおうなく実感させられた。静かに獲物を狙う猟犬のごとくという意識でサトウが甲八号エリアの奥、人の気配がするほうへ近づくと大きな墓石の裏に、男女の姿を確認できた。たまに漏れ聞こえてくる声は若い。サトウが位置を変えると、髪の長い二〇前後の男が同じ年頃の小柄な女の胸に片手を突っ込みながらキスをしているところまで確認できた。

変態めが。

サトウは嫌悪《けんお》の眼差《まなざ》しでカップルを見た。二人とも野外での不埒な行為を本気で隠そうとはしておらず、見つかってもかまわないというふてぶてしさがその隙《すき》の多さからうかがい知れる。さっきの上野公園にもあふれるほどの数がいたが、人目に触れる公共の場所でキスもペッティングもできてしまう一般人たちの無自覚な変態さは、自分たち意識的な変態よりよほどたちが悪いとサトウは軽蔑《けいべつ》していた。金を払いさっさと密室へ行くという行動のとれない貧乏な消極的理由の野外愛好家どもが、いっぱしに性欲などというくだらないものを垂れ流してるんじゃないよと思った。気づくとワンピース姿の光女王様がサトウのそばまで来ていた。ブラックマンデーと呼ばれる一九八七年の歴史的な株価暴落の日と同じ月日に生まれたという女王様がどんな絶望的状況をもたらしてくれるのかとサトウは息を荒くした。

「わおーんって吠《ほ》えて、発情期の僕のチンコしごきを見ていってください、って言ってみようか」

声量をおさえつつまるで土木工事の現場監督でもしているような淡々とした口調で指示した直後、光女王様は少し離れた場所へ移動し、その後ろ姿にカップルの女のほうが気づいた。

「わおーん！」

予期せぬ声の裏返りが、犬の遠吠えっぽさをうまく演出する。沈黙のあと、警戒するような押し殺した声がわずかに聞こえ、やがて墓石と墓石の間に顔を出した男とサトウの目が合った。

「わん！」

一瞬呆然とした表情を見せた男はいったん元いた場所に引っ込むと、今度は別の角度から女とともにわずかに顔をのぞかせた。

「発情期の僕のチンコしごきを見ていってください」

サトウは早口にそう言い四つん這いで目はカップルに向けたまま、右手でペニスをしごき始めた。カップルの視線を受け恥じらいの感情はわき上がるものの、同時に己の目という境界を通し、淫《みだ》らなカップルへの非難をサトウはぶつける。若い男女はその場から去って行き、少し離れた場所から彼らの小馬鹿にしたような笑い声が聞こえた。笑うことでなんとか自分たちの優位性を確認しようとする彼らの精神的軟弱さをかえって際立たせる哀れな虚勢であった。

「おあずけ」

光女王様から声をかけられ、サトウはしごいていた手を止める。その後、日暮里《にっぽり》駅にほぼ面した甲一二号から新一六号あたりの敷地内を四つん這いで一周し、戻ってくると乙五号付近の徳川慶喜公墓所の近くで、異質な声を耳にした。張りがあり語尾まではっきりと発音される女の声だ。最終電車もなくなった深い時間帯に人気のない墓地で意思を明確に伝えるためのはっきりとした言葉を口にしている。光女王様に手綱を引かれさらに近づいていくと不明瞭《ふめいりょう》なぼうっとした低い声が聞こえ、それが犬の鳴き声を模したつもりの男の声なのだとすぐに気づいた。やがて、さきほど見かけた百合江女王様とサクラダ、そしてサラ女王様とトミザワ社長の姿までもがサトウの目に入った。奴隷たちは二人ともサトウと同じく全裸に靴のみという格好で、トミザワ社長のたるんだ白い腹や胸は重力に負け垂れ下がり、子供の頃図鑑で目にしたことのある鍾乳石《しょうにゅうせき》のようにも見える。女王様たちの格好はワンピースや柄物Tシャツに裾《すそ》をロールさせたストレッチ素材のパンツといったカジュアル服で、さしずめ愛犬たちを散歩させる若い有閑マダム三人組といった装《よそお》いか。

三人と三匹の園内散歩が始まり、やがて来園者の気配を光女王様が察知し女王様同士三人で短い話し合いが行われ、サラ女王様が偵察に行っている間、三匹は緊張で身を堅くしていた。変態が三匹も集まれば異様さは増し集団としての機動性も悪くなる。戻ってきたサラ女王様の報告によると人気《ひとけ》の正体は軽装の老夫婦で、不自然な時間帯だが散歩に来た地元民なのかもしれなかった。土地と人間の結びつきほど変態プレイと相性の悪いものはなく、通報されるのを避けるためにも老夫婦には絶対に見つからないようにプレイをするということになった。逃げるという選択肢はない。女王様やライバルたちの視線もあり、下手なプレイはできないという意地も生じる。犬と飼い主はそれぞれ三方に散開し、サトウは老夫婦の近くの墓石裏で四つん這いの姿勢になり黙々と陰茎をしごいた。老夫婦が管理所のあるほうへ歩き去ると光女王様の先導で移動し、四つん這いのまま睾丸袋をぺちぺちいわせながら乙一〇号の集合地点へと着いた。立体埋蔵施設のすぐ近くだった。

「輪になって」

サラ女王様の意図を理解したサトウは近くにあったサクラダの尻に、トミザワ社長もサトウの尻に顔を近づけ、反応の遅れたサクラダが百合江女王様から背中を叩かれた。それに対しサトウが少し笑い声を漏らしてしまうとサトウも百合江女王様に叩かれ、横目でそれらを見ているトミザワ社長の目はどこか若手奴隷二人を小馬鹿にしているような、特にサクラダを軽んじているような気配が感じられた。兄弟も三人そろえばそこに社会が生まれるというが、奴隷が三匹集まっても同じことがいえる。

「他の二匹と比べて、あなただけお行儀が悪いわね」

新宿に事務所を構える悪質店「ギルティー」出身であり、M下積み時代に下手な客に手首を縛られたせいで一年半ほど左手の握力が一五キロくらいしかなかったというサラ女王様が冷たく言うと、つい半年前までそのギルティーの元常連ドS客であったサクラダが顔をうつむかせる。すると百合江女王様も口を開き、

「私も本当に残念に思う。さっきちゃんと躾《しつ》けたのに、飼い主として恥かかされちゃった」

「じゃあ、三人でお尻の穴を舐《な》めあってもらうしかないわね」

光女王様が口にした「じゃあ」にどういう論理が内包されているのかサトウにはわ

からぬが奴隷に考えている時間などなく、三匹とも身体の右側を地面につけ横向きになり両膝《りょうひざ》を腹につけるように曲げ前屈姿勢になる。サトウは目の前にある若い警察官の締まりのいい尻の谷間に口先をつけ穴に向け舌をのばす。舌先がサクラダの尻穴に触れるより先にトミザワ社長の舌先がサトウの尻穴に触れた。

「仲がいいわね」

光女王様の言葉にうなずいたのかトミザワ社長の舌先が一瞬サトウの睾丸袋の付け根あたりまでおろされ鼻先と眼鏡が尻の谷間に当たる。トミザワ社長の温かい舌先は柔らかく粘性のある特殊な温水で尻の穴を洗ってもらっているかのような感触でありサトウの舌先に感じるサクラダの尻穴は尻毛の剃《そ》り残しが剣山のようにざらつき時折触れる柔らかな肉が泉のようであった。プレイが進み、尻にローターを入れられた状態で仰向けになっているトミザワ社長のペニスを口に含みながら自らの尻穴にはサクラダの小ぶりなペニスを挿入され女王様三人たちからは笑われている時、サトウはこの絶望的状況に恍惚《こうこつ》となった。

もっと、固めてくれ。

絶望的状況でこの身体と精神を固めて、石にしてしまってくれ。

サトウは頭を振り舌先を動かしわざとらしく音を立てることで意思を女王様たちに

伝えようとした。時に物事は言語以外の伝達手段を用いたほうがよく伝わる。もっとも、硬度抜群のペニスで口を塞《ふさ》がれそれ以外にやりようがないというだけのことでもあったが。コンドームをつけたサクラダのペニスが一層硬さを増したかと思うと数度波打ち、ほぼ同じくしてトミザワ社長のペニスからも精液が放たれサトウの口内に塩気と苦みとわずかな甘みが広がった。

「この子だけまだ汚いザーメン出してないよ」

サラ女王様がサトウを指して言う。

「タロウもザーメン出したい？」

光女王様からの問いにサトウが吠えて答えると飲み屋のはしごと同じく場所を変えることとなった。三匹は馴《な》れ合うことなく視線を逸《そ》らしながら四つん這いで移動する。足腰への負担に耐えられなくなったのか途中でトミザワ社長が犬の鳴き声をして立ち止まり腰や膝を指さすと、三人の女王様から蹴られたりビンタされたりしながらも二足歩行を許された。自称警察官が日頃からどんな身体鍛錬を行っているのかはわからぬがトミザワ社長が離脱したことでサクラダの四足歩行速度は速まり、負けじとついて行こうとするサトウのデスクワーク漬けの身体にはこたえた。やがて一〇本もの線路を渡る歩道橋の近く、石材が置かれている広場と線路の間へとたどりつく。歩道から離れているが墓と墓との距離には余裕があり、人が近づけば身を隠すのにも苦労する。その緊張感が転じ快楽となった。

「わんっ、わん」

お座りの姿勢で次なる指示を待っていたサトウは人の気配を感じた。歩道橋のたもとの御隠殿坂近くに、誰かいる。

「なに、どうしたの」

サトウが吠えながら右手で人の姿が見える方を指さすと、光女王様がその方向へ数歩行き数秒立ち止まるがすぐ戻ってきて「なんにもないじゃない」と言いながらサトウの頬をビンタした。サトウは仰向けで大股《おおまた》開きをさせられ、他の二匹の奴隷によりペニスと睾丸袋を交互に舐められだした。睾丸袋や亀頭《きとう》を中心とした陰茎を舐める際決して歯が当たらないように唇と舌を駆使してくるのはトミザワ社長だろう。男に舐められる不快さが心地良くてたまらなく、頭の裏に感じる得体の知れない気配の質量も増した。

「もうイっちゃうの？」

「わん」

光女王様から訊《き》かれ、声帯の締め付けられた声で答える。

どうしても閉じ気味になってしまう目を開き、天地が逆さまになった視界の中、地から宙へと落ちてしまいそうだとサトウが感じたとき、御隠殿坂近くに黒ビキニのみ着用で立っている半裸の男の姿が鮮明に映った。

クワシマ、か？

直後に果てたサトウの身体から一切の力が抜け、再び首を反らせ天地の境を見上げると、男の姿は消えていた。

サトウの終了時刻に合わせ、奴隷たち三人は解放された。霊園で返された服に着替えているうち、トミザワ社長からタクシー代を渡された女王様たち三人は先に帰る。一対一でのプレイ時においてはサービス業の心配りとしてか、客がタクシーを拾うか駅までは一緒にいてくれる彼女たちであったが、合同調教後で奴隷が複数いる場合はプレイ時とほとんど変わらぬ口調のままさっさと帰った。

「サクラダくん、ビキニくらい穿いたら？　脱がなくても良かっただろうに」

「余韻に、浸りたいので」

着替えるときに見ていたのかトミザワ社長が言うと、スラックスにポロシャツという格好のサクラダはあまり表情も変えずぼそっと答えた。パンツをはかずに通勤したり仕事するくらいの自主練習は誰でも行っている。簡単にできる基礎練習でありながら、女からの視線の有無に関係なく羞恥心《しゅうちしん》を覚えるという、つまりは女体に欲情することからの脱却という奥深さをも秘めている。

「契約の象徴としての黒ビキニをだよ、まだ近くに女王様たちがいらっしゃるかもしれないのに、そうやすやすと脱ぐべきではないと思うんだけどねえ。あとお腹《なか》も冷えちゃうし」

「自分は、プレイ時以外には黒ビキニは穿くべきでないと思いますがね。普通のパンツを穿くかノーパンというふうに切り替えないと、日常とプレイの境がなくなる」

「その理屈だと、ノーパンで余韻に浸るというのも矛盾していることになるじゃないの」

「練習と本番は別なんですよ。オナニーをいくらしてもセックスに結びつかないのと同じで」

「私は、日常とプレイを不可分のものとして捉《とら》えているから、そういう考えはどうにも受け入れられないなあ」

厄介な欲望に囚《とら》われた者同士として共感も半分、価値観の差異をさりげなくおしつけあうという競争にもなってしまうのであった。一人一人が、各々《おのおの》の価値観の原理主義者である。サトウとトミザワは自宅までタクシーで帰れる金銭的余裕があったが、電車始発時刻までの小一時間を上野駅界隈で過ごす流れとなった。谷中霊園から出てすぐ、ゆっくりと巡回しているパトカーと出くわした。奴隷男三人の横を通りすぎる際そのスピードはさらに落とされ、助手席に座る年輩の制服警官がサクラダを注視しているのがサトウにはわかった。サクラダもそれに気づいているのかわからぬが大げさなくらいに顔を逸らしていると、パトカーは通り過ぎた。ごく数人の女王様たちだけに語っていたというとおりサクラダが本当に警察官だったとして、彼にとっては、後ろめたさがないことを主張するためにわざとらしく視線を合わせてくる類の人間こそが怪しく、職質をする際の判断基準になっているということか。

「怪しまれてたね、おまわりさん」

冗談めかしてトミザワが言うものの、サクラダは曖昧《あいまい》に首を振るだけでそれについて特になにも言わない。サトウが記憶している限りサクラダというふざけた偽名の男は、客である奴隷男たちの前では一度も、自分が警察官であるということを認めてはいない。ふと、サトウは自分が今さっき抱いた考えは逆かもしれないと思った。彼が警察官だとして、やはり顔を逸らせる人間のほうが職質される可能性が高く、それをふまえたうえで警察官が警察官から目をつけられ逃れるという絶望的状況にさらされるスリルを味わおうとしたのか。

「トミザワさん、この前アップしてくださった成田空港の音声データ、最高でした。一人暮らしの特権で、大音量でリピートして楽しんじゃいましたよ」

サトウが礼を言うと、トミザワは満足そうにうなずく。

「そうでしょう、ロビーにいた白人の団体客のど真ん中に数分間居て、怪しまれて大変だったんだから」

「でもおかげで、デカい白人女にバカにされてる感じがサラウンドでうまく味わえました。早口の英語はよく聞き取れなかったんですが、若い女同士で言い合いしているところ、特に良かったですね」

高性能五・一チャンネルサラウンドマイクで屋外録音した音声データを、照明を落とした真っ暗な室内で五・一チャンネルサラウンドオーディオシステムで再生させながら行う疑似野外露出プレイは、様々な同人コミュニティー等では流行《はや》りだしており、常連客たちの中ではトミザワ社長が最初に始めた。誰もが自宅で行えるよう、買いそろえる機材のリストまで配布してくれたのが今年春頃だ。サトウも再生機器だけでなく高い録音機材も買ったが、トミザワのように刺激的な素材を録音できず、もっぱらトミザワが録《と》ってウェブ上にアップしてくれる素材で楽しんでいた。室内での疑似空間とはいえ黒ビキニのみの着用か全裸の状態で目隠しまですると、闇《やみ》の中で視覚以外の感覚が敏感になり、恥ずかしさで汗をかくほどにまでなる。サトウ自身、週に二度はこの「瞑想《めいそう》」の時間を設けていた。

「ナガノくんも、珍しく興奮したって言ってくれたよ」

「ナガノさんと最近会ったんですか？」

「一昨日、ホテルで合同調教したばかりだよ。相変わらず、野外には参加しないみたいだけど」

後半、少し蔑んだような口調でトミザワは言った。常連客であるナガノはドSの妻を持ち、そのくせ他のドS男や女王様を連れてきては夫婦そろってMになるという忙しい趣味人であり、つまるところ目に見えてわかりやすい対人関係のSMにしか興味がなく、そのため野外放置調教はほとんどたしなんでいない。その点においてはトミザワだけでなくサトウやサクラダの見解も一致して、レベルが低いと思っていた。視線への渇望が直線的すぎて感受性が粗雑だとまで語っていたのは、啓蒙マゾ的なトミザワだったか。

「自分は成田空港よりも、六本木のやつみたいな、怖い黒人のブロークンイングリッシュに時折気の強そうな日本人ギャルの声が聞こえる素材が好きです。あと、銀座のクラブの素材。あのしっとりした感じもいいです」

サクラダが言うと、トミザワが次は六本木か銀座で録音すると約束した。若い公務員の給料では金銭的に、そして捕まった際のリスクを考えれば頻繁には店を利用できないサクラダにとって、疑似野外露出プレイは誰よりも重宝するのかもしれなかった。金と人脈のあるトミザワは若い人間には行けないような様々な場所で録音してきてくれる。

繁華街に入ると、路地でじゃれあっている男二人が別の男に注意されている現場に遭遇した。言葉遣いからしてもゲイバーに出入りしている人たちだとわかる。トミザワがサトウのほうを向きなにか言いかけ、口を閉ざした。サトウは一度トミザワとクワシマの三人で始発電車を待つあいだ新宿二丁目のゲイバーに間違って入ってしまったことがあった。マゾプレイの一環で3Pをしてきたばかりだということを話すとゲイの人たちは同じ性のマイノリティー同士だとでもいうようにかなり友好的な態度を示してくれたが、サトウたちからすれば密室の中で男たちがべったりしている様子は普通の男女と変わらず、同性愛といえども所詮《しょせん》染色体の悪戯《いたずら》に素直になってしまっている時点で自分たちとは違うと彼らほど友好的にはなれなかった。女に欲情するという本能とやらからも自由になり、男のペニスを舐めたり舐められたり入れたり入れられたりしてしまうという絶望感に被虐《ひぎゃく》の快楽を見いだす精神性の高さは、ゲイたちと同じ行為をしていても意味や本質においてまったく異なるのである。マゾヒストのような高尚で柔軟な思考体系をもつ人間が増えればこの世の大方の問題は解決すると、サトウはクワシマとよく熱っぽく語ったものだった。

「サトウさん、裾からなにか落ちた」

斜め後ろを歩いていたサクラダに言われ路上へ目を向けると、さきほどペニスの包皮の先に紐《ひも》でくくりつけたばかりの分銅が転がっていた。「いつつけたの?」と驚いているのは同じく包茎願望をもつトミザワで、サトウは分銅を拾いに路上へ出た。

「車っ」

低い声が間近で聞こえたときには、サトウはサクラダから胸にラリアットをくらっており、バランスを崩しながらすぐ目前に迫っていた軽自動車のメッキグリルを見た。急停車した軽自動車は、サトウを警戒するように徐行速度で過ぎ去る。サトウはサクラダに礼を言い分銅を拾った。

「車にひかれたがるなんて、どこかの誰かさんと同じだよ」

トミザワがクワシマの名を言わなかったことになにか含みでもあるようにサトウは感じた。クワシマは若い女が運転する軽自動車にはねられたいとよく言っており、かわいらしい軽自動車が通るたび運転席を舐め回すように見ていた。いつか死ぬときは、彼女たちのエネルギーを受け止めながらがいい。そんなことを望んでいたのはクワシマくらいであったが、そのただ一人の名を、トミザワはなぜか口にしなかった。サクラダも、つい最近まで一緒にプレイしていたクワシマについてなにか話したりせず、サトウ自身も同じであった。理想に殉じていった仲間たちの勇姿を新聞や週刊誌の記事、官報の行旅死亡人欄の文中から正しく読みとるという奴隷のリテラシーをクワシマ本人から教わった者同士、奥多摩の川面に浮いていたクワシマのことは全員知っていて、あえて直接そのことにふれないようにしているのかもしれない。読み方を教えてくれた彼は人生の最期《さいご》に、自らの肉体の消滅を通じ書き手となった。

「サトウさん、真似《まね》ているんですか」

「え？」

年下男から発せられた言葉に対し、サトウの口からは自分でも思いもよらぬほどの険のある声が出た。

「死んだらダメだよ。原罪は、自立歩行できないような年齢になっても背負い続けなきゃいけないんだから。サクラダくんもそう思うだろう」

自分は本当に、車が近づく気配に気づいていなかったのだろうか。サトウは疑問に思う。

「……いや、死の瞬間に至高の快楽があるのなら、いいのではないですか」

死ぬ気など毛頭なかったし、あの軽自動車は人を殺せるほどのスピードなど出していなかった。それを知りながら、無意識のうちに身体がなにかの練習をしたかのような心地にサトウは事後的におそわれていた。

「ずいぶん肯定的な見解だね。警察官という職務上、物質的な死を扱うのには慣れているつもりなのかな。でもきみ、それは、赤の他人の死に慣れているというだけのことであって、きみ自身の死とはまったく無関係の事柄だよ。きみもサトウくんも私も、等しく罪を背負っていて、瞬間的な快楽としての死など期待してはいけない。真似はダメだ」

「ぼくは、真似なんかしていない」

つぶやいたサトウには、生命活動とともに肉体の自由と自分の意思まで奪われてしまうという極致に震えるハローキティが見えていた。

「はい？……ああ、わかったよサトウくん、きみは、誰をも真似ていないし、近づいてもいないよ」

＊

多くのリテール担当部員たちが出払っている午後、対面窓口のほうから老男性客と一般職女子社員の話し声が聞こえる。証券取引を長年かじってきたらしい爺様《じいさま》による昔の儲《もう》け自慢が一方的に続いており、それに対し市場の歴史も知らずろくな金融知識も備えていない女子社員は「へえ」「そうなんですか」「すごいですね」の三語のみで合いの手を入れていた。老男性は損をした話は一切口にしなかった。さながら、ＳＭクラブにはまる以前にたまに通っていたキャバクラでの会話だとサトウは思う。老男性の話が八〇年代後半までの自慢話の後一気に二〇〇〇年代前半のＩＴバブルへと話が飛んでいることからも、一九八七年のブラックマンデーに手ひどい損失を被《こうむ》った口だとわかる。

「すごいですねえ」

老男性の快活な自慢話は止まらない。これほどまでとなると、老男性は単にパソコンが使えないからという消極的理由でここへ来ているのではなく、金をふんだくられると知っていながら、若い女性にまともに話を聞いてもらう機会を手放すことができなくなっているのかもしれなかった。否《いな》、若い女性であるという要素すらそれほど大事ではなく、反論や小言を口にせず親身に話を聞いてくれる相手であれば誰でも良いのではないか。サトウには対面窓口という一角が時折、話し相手がいない人向けのカウンセリンググルームに思える。おそろしいことにそこを訪れる客はほとんどが男性であった。

「それでしたら、いくつかの外債をお勧めしておりまして……」

男の弱みを握り、女子社員はここぞとばかりにふんだくりにかかる。サトウは女子社員たちから管理職の上司たちや職場への不満を聞かされることはあっても、客を騙す罪悪感についてなにか聞かされたことはほとんどない。彼女たちの神経は図太く、精神の安定を保つために自分たちの行いを肯定する脳内の特別な仕組みでも備えているのかもしれなかった。老人たちが貯《た》め込んだ金を市場へと引きずり出すことで、現役世代が担《にな》うこれからの日本を活性化させる。上司たちにより常日頃から聞かされるそんな大義名分すら、彼女たちには必要ない。

日本時間の午前五時に終了したニューヨーク市場のダウ・ジョーンズやナスダック指数の下落を受け、東証の相場も今朝から荒れていた。個人投資家がパソコンや携帯端末で最新情報を簡単に得られる昨今、世界中の市場はほぼ連動した動きを見せるようになっており、海外投資をしてもリスク分散などできない時世となった。特に東証は、日経平均やJASDAQの日次から年次といったあらゆるチャートを見ても、ニューヨーク市場をほぼトレースした動きを見せている。インフラが整うほどに、トーキョーはニューヨークの真似が得意になっていった。だが、ニューヨークや各国証券市場が東証の値動きを真似ることはなかった。トーキョーは放置されているのだ。そして世界的に活気づいているここ最近の相場もいつかは終わる。国債を買いすぎた日本銀行や米連邦準備制度理事会による金融緩和政策も、どこかで出口戦略をとらなければならない。経済成長を軌道にのせたまま緩和を縮小するという、そんな都合の良い出口が存在するとは到底思えなかった。出口を見つけられず相場が終われば、対面型証券会社の役割も終わる。

顧客回りのための準備を済ませたサトウは、一時半に外へ出た。地下鉄に乗って、絞ったエリア内で効率的に訪問して行く。息子に跡を継がせ引退した元耳鼻科医、三代にわたりろくな勤労経験のない地主といった大口顧客に対し、電話連絡では難しいような商品説明を行う。あまり金に頓着《とんちゃく》していない富裕者たちはサトウからすすめられるまま、利益確定のため売り払った方がいいと説明された商品は売却し、損切りのため売り払った方がいいと説明された商品も売却し、それらの売却資金で新たなおすすめ商品を購入すべきだという話もすべてのんだ。金融商品一つの購入と売却にはそれぞれ一パーセント以上の売買手数料が掛かり、商品保有期間中も年間数パーセントの信託報酬が日割りで引かれ続ける。そのうえ、毎月一定額の安定した配当金が支払われるという謳《うた》い文句の投資信託にいたっては、単に元本を切り崩しているにすぎなかった。トミザワ社長にすすめられ読まずにはいられなかった一六世紀フランスの思想家による『自発的隷従論』に書かれていたのと同じで、圧制者から奪われたものを少量返されただけで喜ぶ民衆の姿がそこにはあった。元耳鼻科医と地主の男性二人に資金を無駄に回転させ手数料を合計四〇万近くむしりとったサトウは、次の訪問先である高層マンションへ向かった。

「あらー、いらっしゃい、サトウさん。今日、久々に暑くなったでしょう、わざわざ遠くからご苦労さま」

一八階に住む老婆《ろうば》は玄関口で人の良さそうな笑みを浮かべ、サトウを室内へと招き入れた。一人で住むには広すぎる３ＬＤＫのリビングへと通されたサトウがＬ字型に並ぶ革ソファーに腰掛けると、飲み物を勧められた。老婆が季節と関係なく熱い紅茶を好んで飲む人であるとはサトウも知っており、七月の前回訪問時はあえてアイスカフェオレというわがままな注文をすることで親密さを演出しようとした。それもやりすぎだったと思っているサトウは今回、アイスティーを注文する程度にとどめておく。事業で財をなした夫に九年前に先立たれた老婆には娘が二人おり、長女夫婦に子供はなく、次女夫婦には今年社会人になるという一人娘がいる。前任担当者が新規開拓した七年前当時、老婆はこの高層マンションの一室の他に不動産資産として経堂の木造アパート一棟を保有しており、流動性のある金融資産としては預金と株式、債券のほか、金等のコモディティー含め時価総額で一億二〇〇〇万ほどあったと記録されている。

そんな莫大《ばくだい》な額の金融資産も、前任者が運用を提案するようになった七年前から手数料ぶんが確実に目減りしてゆき、今では九〇〇〇万を割ってしまっている。うち、約二〇〇〇万の損失ぶんが、サトウによるものであった。前任者は長期的な関係を続けられるよう考えていたらしかったが、都心の主要支店に異動となったばかりであった三年前のサトウは上司たちから怒られないようとにかく早く数字を上げようと焦り、この老婆の保有する金融資産を回転させ手数料をふんだくった。老婆は今日も、一〇ヶ月前に購入した投資信託を売り払い、売却代金を回転させまた新たな投資信託を購入した。新たな投資信託は、中身としてはネット証券会社だと信託報酬〇・九パーセント前後しかかからないようなありふれた商品であったが、サトウが売りつけた商品の信託報酬は四・五パーセントであった。二〇〇〇万円ぶん購入したので、今日の時点でまず三・五パーセントぶんの販売手数料七〇万円を証券会社に引かれ、運用の出来不出来にかかわらず毎年九〇万弱の信託報酬を引かれてゆく。おまけに米連邦準備制度理事会による金融緩和政策の縮小が待ち受けていることを考慮すれば、中長期的に見てもろくな運用利益を出せないことは目に見えており、少なくとも年率四・五パーセントの信託報酬に勝る運用ができないことは確実だった。

「長い目で見るのが大事なんでしょう？　信頼してるわ。サトウさんのことはもう孫みたいに思っているから。特にうちは子供二人も孫一人も女の子だったでしょう、だからなおさらなのかもしれないわねえ。もっとも、長い目で見ていられるほど私が長生きできるかどうかはわからないけど」

老婆の笑いに合わせサトウも微笑《ほほえ》みながらおおげさに首を横に振る。

「そんなことないですよ、まだまだ長生きされるはずですって」

「まあ、私が使いきれなくても、娘や孫たちに譲ってあげればいいわけですしね。できるだけ多く残してあげられるよう、今後ともよろしくお願いね」

高層マンションをあとにしたサトウは、今日はもうこれ以上稼ぎを上げる必要もないと、数分歩いたところにある大型書店に入る。一階の雑誌コーナーを通り過ぎたサトウは上りエスカレーターへと直行する。空いている場所であればどこでもよく、日頃自分が興味を示さない本が多く並んでいるコーナーであればなおよかった。たまに訪れる大型書店、特に勤務中のサボりとして訪れる場所では、自分の身に染《し》み着いてしまった嗜好や行動パターンから解放されたいと思っていた。地図コーナーへ立ち寄ったサトウは、スペイン語で記されたスペイン各都市部の地図からはじまり、日本百名山に関するダイジェスト版の地図帳、るるぶ埼玉県版といったふうに脈絡のなさを意識しながら立ち読みしているうちに、あることを思いだした。検索機には順番待ちの短い列ができており、棚を整理していた店員に自費出版本コーナーはあるかと尋ねる。自費出版本コーナーはないが自費出版本は通常本と同じどおりの分類法で陳列されているとの説明をまず受け、どのジャンルの本かを訊かれたが、それを口にするのをはばかったサトウは片手で礼をするとフロア案内のボードを見て上りエスカレーターに乗った。経営哲学本コーナーやエッセイ本コーナーにもなかった目当ての本は、サブカルチャー本コーナーにあった。どぎつい派手な色の背表紙で占められた独特の雰囲気を放つ書棚から、ソフトカバーの本を抜き取る。

『あきらめないで〜我が変態遍歴〜』というタイトルの本には「富沢勝之《かつゆき》」という著者名が堂々と入っており、グレーのスーツに黒サングラス着用のトミザワ社長のバストアップ写真が表紙に印刷されていた。話には聞いていたものの実物を初めて目にしたサトウは、予想以上の大胆なプレイに度肝を抜かれる。カツの字だけ変えて一応はペンネームにしてあると、先月六本木のホテルで合同調教を行った帰り、地下鉄の駅へと歩きながらトミザワ社長は教えてくれた。「勝之」ではないとすれば、あとは「克之」くらいしかない。絶望的状況を作り出すプレイのスペシャリストである光女王様と店のドンであるエリママの二人から命令された自費出版露出プレイで、二〇〇部しか刷っておらず都内の大型書店数店にしか置かれていないというが、見る人が見ればこれがトミザワ社長だということはわかるはずだ。サトウは『あきらめないで』をレジカウンターまで持って行き、真面目《まじめ》そうな眼鏡の女性店員に対しどぎつい表紙を見せるように渡した。しかし今ここで自分が感じている羞恥心など、トミザワ社長が感じたそれと比べれば屁《へ》みたいなものだろうとサトウは思う。

書店併設の喫茶店の窓側席に落ち着くと、買ったばかりの本を開く。中身は三〇代で先代から町工場経営を継いだトミザワ社長の変態遍歴で、さすがに会社名や詳しい事業内容は記されていないものの、プライベートで女を寝取られたことに興奮したのがきっかけでマゾヒストとして目覚めたというエピソードや、景気が良かった頃に連日通った六本木の店舗型ＳＭクラブでの武勇伝、巨大な女王様たちにやられまくったアメリカ遠征で感じた日本のSMとの違いといった文化論的考察など、白黒写真なども交えながら思いのほかしっかりとした濃い内容であった。こんな本を作ってしまってはマズいのではないかという心配を他人事ながらしてしまっている時点で、自分はまだまだマゾヒストとしてトミザワ社長から段違いの格下にいるのだとサトウは悔しく思う。いっぽう、後半に記されている確執のあった亡父からの遺伝的影響やトラウマ、ニーチェまでもちだすあたり、雄弁すぎると感じた。変態である己《おのれ》の思考の正当化をはかるために言葉を連ねるほど、本人が本当に伝えたいことからはズレていってしまっているのが第三者の立場からはわかる。

トミザワさん、あなたが語りたい言葉は、こういう言葉ではないはずだ。糖尿病のうえに肝臓も悪くしている還暦近い人間特有の数十年にわたる放蕩《ほうとう》歴を如《にょ》実《じつ》にあらわしている精液の味を知っているサトウとしては、ここに書かれている文よりもあの味に刻まれた真実のほうを信頼する。トミザワ本人は、自分が発射した精液に刻まれた真実も、自分の口から発された言葉の意味もまるでわかっていない。DNAや教育などと関係なくなぜかマゾヒストとしての行為に耽溺《たんでき》してしまうのが我々であり、その真《まこと》を誤魔化す必要などないはずだ。サトウは本を閉じ、アイスコーヒーをストローで飲みながら窓の外を眺めた。暗くなってきた空と照明の灯《とも》された店内との明るさの落差で、窓ガラスにサトウ自身の虚像がくっきりと映っている。三〇代に入り唐突にどこが変わったとも思えないが、社員証更新時にも新たな撮影が億劫《おっくう》で使い回した入社当時の証明写真と比べれば、全体の丸みや口まわりの青っぽさ、似合う髪型が昔と異なってきていることがわかる。自分の顔など見たくはない、そう思う間にも刻一刻と日は沈み、虚像の存在感は増していった。頭頂部中心のO字型禿《はげ》も進行しており、身長が低いため街中でヒールを履いた背の高い女からは確実にそこを見下ろされる。女王様たちから見下されるのは快楽でしかなかったが、完全に社会的なモードでいるときのサトウにとっては純粋な辛《つら》さしか感じられなかった。あらゆることで劣等感や苦しみを覚えないようにするためにも日常そのものをもっとマゾヒスト的価値観で構築し直さなくてはならない。サトウは鞄の中から小型ノートパソコンを取り出し、ブラウザを開くと官報の電子版サイトへとアクセスする。一週間ほど前にチェックして以降未読だった「地方公共団体／行旅死亡人」についての新着記事の中に、探していた記事を見つけた。

本籍・住所・氏名不詳、身長一七六センチ、年齢三〇〜五〇歳（推定）の男性、着衣は黒色ビキニパンツのみ、両手首に手錠、背中と右脚に特徴的な刺青、鼻と口に粘

着テープの跡、頭部以外全身脱毛、腹に数カ所の刺し傷。所持品はナイロン製バッグ、スラックス、半袖《はんそで》ワイシャツ、ベルト、鍵束《かぎたば》、機能性革靴、靴下、パンティーストッキング、現金三万二五〇〇円、石膏、マッサージオイル、ウェットティッシュ、メンソレータム。

上記の者は九月九日午前八時四〇分頃、東京都西多摩郡奥多摩町栃寄大滝より発見されたもので、死亡日は七日〜八日頃と推定される。

身元不明のため、遺体は火葬に付し遺骨を保管しておりますので、お心当たりの方は奥多摩町役場福祉保険課福祉係まで申し出てください。

以前週刊誌の死亡記事で得た情報の他に、いくつかの情報が開示されている。推定年齢と身長はクワシマのそれと一致、「頭部以外全身脱毛」とはガムテープによる脱毛プレイがなされた後だということを意味している。所持していたメンソレータムは酷使するアヌスに塗るため、そしてパンティーストッキングは頭部にかぶせ恥ずかしい姿を誰かに見せるためにあり、つまりはやはり第三者が立ち会っていたと考えるのが自然であった。携帯電話や身分証の類が見つかっていないのは、クワシマ自身がこうなることを想定し現場へは持って来なかったのか、立ち会ったはずの誰かが持ち去ったのか。当然のことながら週刊誌で記事を確認して以来、あんなにも野外露出プレイで顔を合わせていた実体のクワシマとは一度も会っていない。一方、あれ以来店を辞めたり休んでいる女王様がいるとも聞かされていない。光女王様、サラ女王様、百合江女王様からは先日も調教していただいたばかりである。つい先日もトミザワ社長はエリママの〝何もしない〟という究極の調教でわんわん泣かされたというし、泥酔《でいすい》状態で初プレイした当時ドSだったサクラダに泣かされたというM格闘専門のユキ女王様も、その数十分後にチェンジ要員として入り行《おこな》った言葉責めでサクラダを号泣させ一夜にしてドMに転向させたというマナ女王様も、サトウが知る限りではいつもどおりのペースで出勤している。昔は様々な場所に顔を出していたというクワシマがここ最近どこか他の店に通っていたり、プライベートで誰かに調教してもらっていたとも聞かされたことはない。彼がよく指名していた女王様のうち誰かが立ち会ったのだとしたら、光女王様とサラ女王様のどちらかである可能性が高い。

どちらが立ち会ったのだ？

野外で絶望的状況を作り出すという点では光女王様らしい調教だと考えられるし、刃物も用いる痛み系のプレイの観点では他店でのM修行時代に数々の怪我を負い生死ギリギリの加減を知っているサラ女王様による調教だとも考えられた。

そして、記事の読み方をクワシマから事前に教わっていたサトウも、現場で直接立ち会ってこそいないものの、実質的には立ち会っているも同然なのかもしれなかった。若い女の運転する軽自動車に撥《は》ねられることや、切腹、西欧の処刑道具である「鉄の処女」の中に入れられてみたいと日頃から口にしていた四十路《よそじ》の身体損傷マニアの手首は綺麗《きれい》だった。かまってほしさで浅いリストカットを繰り返す甘えた連中と根本的に違い、中途半端《はんぱ》な身体損傷にはまったく興味を示さず、あの目には生死の賭《か》けにでるという極限しか見えていなかった。そんな男がそう遠くないうちに自分が記事中の人物になることを見越して、同じ店に通う他の客へ〝正しい〟読み方を教えた。しかし、リテラシーを身につけたサトウが記事を読んだくらいでは、クワシマはまだ満足していないということなのであろうか。サトウは官報の記事をもう一度読み直してから、ノートパソコンの電源をオフにし再び窓の外へ目を向けた。

先日の谷中霊園で、自分の目にしか映っていなかった黒ビキニパンツ姿の男の像が明滅する。逆さになった天地の境にいたあの男の姿は、単なるプレイ中の奴隷だったと考えられなくもない。しかしあの場にいた自分以外の五人ともが気づかなかったという不自然さは、どうしても説明がつかないのであった。

本名かどうかもわからぬ名字しか明かさず、本名かどうかもわからぬ他の客に記事の読み方だけ教え、理想に散っていった孤独な男の魂を浮かばせるために、同じ道の求道者《きゅうどうしゃ》である自分にいったいなにができるというのか。座って思案するサトウには、ろくな考えが浮かばなかった。冷静な他者として熟考してみても、埒が明かない。奴隷の真に迫った思考を読みとるには、自らも完全に奴隷の状態になっていなければならないのは明白だ。

とにかく、またプレイするしかない。誰も本名であるとは思っていないであろう「サトウ」という偽名のような本名で予約を入れ、今まで以上の厳しい調教をしてもらうしかないということだ。

＊

週初めのある日、サトウは昼食を摂《と》りに外へ出た際、ＳＭクラブへ予約の電話を入れた。

「マナでよろしいですか？」

数日先になる希望日と場所を伝えると電話番の女から当たり前のようにそう訊かれたが、サトウは他の二人を指名する。どうやらサトウという名前を用いている常連客はもう一人いて、マナ女王様を贔屓《ひいき》にしているらしかった。サトウも一度プレイしたことがあり、店で一番若い女王様であるにもかかわらず、必要最小限の言葉で空間を支配する能力が高かった。〃何もしない〃調教を得意とするエリママの正統派継承者ともいえたが、サトウとしては少し物足りなく感じたのも事実であった。会社の命令で客から金をむしり取るという調教を八年間も受け続けてきたサトウは言葉だとか空気感だとかの曖昧なものより、目に見え皮膚で感じられるような絶望的状況を求める傾向にあった。

「今まで以上に、虫けら扱いされたいと思いまして……」

一時《いちどき》に二人の女王様の指名予約を行うということも初めてながら、サトウは他にもう一つ、特殊な要望を電話番へと伝えた。これまでずっと、自分とは無関係な嗜好として避け続けてきたオプションプレイの予約をしてしまったことへの後悔の念がわいてきたとき、既に通話は切られていた。

迎えた土曜の午後八時前、六本木にあるSM専用ホテルのフローリングの床上で、サトウは黒ビキニパンツ一丁の格好でマゾとして身につけた隙のない土下座をし女王様たちの到着を待っていた。つま先から膝にかけてはもちろん、肘《ひじ》から指先、そして鼻や片側の頬と、己の身体の表面を可能な限り床へと接地させる。フロアカーペットの床や未舗装の地面などと違いあそびのないフローリング上では身体のわずかな浮きも目立った。慣れない頃は足首からすねにかけての浮きを正せず、女王様たちから鞭《むち》で叩かれたものであった。

警策の代わりに鞭が用いられているだけで、やっていることは実質的に坐禅《ざぜん》を組んでいる修行僧と変わらないように思える。叩かれても蹴られても上に乗っかられても決してたわまぬ徹底的な土下座に必要なのは、力ではなく心身からの脱力であるという点でも、無我に至る坐禅に通じているのかもしれない。身体を地面につけようと力んでいる頃は、うまくいかなかった。極意は、地球の中心にもっていかれようとしている身体を、完全にあけ渡すことであった。ミリ単位の調整でぴったりはまると、脱力していながら何をされても動かない土下座の型ができあがる。頭の位置が心臓より下になり、肺が押されている状態での呼吸は、耳管近くを通る血管の脈動を大きくさせ、この姿勢でいるときにしか鳴らない高音のリズムをサトウに聞かせた。

やがてドアガードを挟んでいるため開いていたドアとドア枠の隙間から二人の異なる足音が響いてくる。緊張で呼吸のペースを変えないようサトウは意識した。

「おはようタロウ」

「おはようございますサラ女王様、そして、光女王様」

「あなたの注文どおり、健康に悪そうな高いお肉たくさん食べてきたわよ。それも昼間っから。領収書はあとで渡すからね」

光女王様からの報告にサトウは本当にこれでよかったのかと自問する。今なら、まだ引き返せるのではないか。しかしこの流れを崩してはいけないと思うサトウの口は半ば自動的に動き、

「私のような奴隷からのお願いに応《こた》えていただき、誠にありがとうございます」

「ごちそうさまと言いたいところだけど、余計なカロリー摂取させられたからね。ぜんぶ今日のうちに消費できるよう、激しくやらせてもらうよ」

サラ女王様がそう述べるとあとは二人とも無言となり、バスルームではなく同じプレイルームで着替えだしたのが音でわかる。奴隷が着替えの様子を決して覗《のぞ》き見ることはないと確信している。サトウは今日まだ一度も、二人の女王様の姿を目にしていない。五・一チャンネルサラウンドの疑似プレイの最中なのではと思える間《ま》もあった。

「えらく荷物が多いじゃない。全部出してみて」

「かしこまりました光女王様」

ただちに徹底的な土下座を解き立ちあがったサトウの視界に、ボンデージ姿の二人の女王様の姿があった。急激な体勢の変化に乱れたままの三半規管がサトウの身体を

ふらつかせるが、ルームの端に置いていた黒いナイロンバッグのところまで駆け寄ると、今回のプレイで使ってもらう道具をすべてフローリングの上に並べた。布団《ふとん》圧縮袋、掃除機の先細ノズル、紙皿、箸《はし》、注射器とゴムホース、甲類焼酎《しょうちゅう》鏡月の七〇〇ミリリットル瓶、殺虫スプレー、新品の極太本革一本鞭。

「タロウ、あんた、こんなのどこで覚えたんだい」

並べられた道具の中から、サラ女王様が注射器とゴムホース、そして鏡月を取り上げた。

「どっかの豚仲間に吹き込まれたんだろう。まったく、アルコールに強いアングロサクソンがやっても危ないってのに、モンゴロイドが直腸に焼酎なんか入れたら死ぬよ」

「サラの言うとおりよ。急性アルコール中毒で死ぬなんていう贅沢《ぜいたく》、許されるわけないでしょう。まだ受けなきゃいけない罰が山ほどあるんだから」

淡々と口にされた光女王様の言葉を受け、サトウの脳裏にクワシマの背中の刺青が浮かぶ。彼は、奴隷の身としては最高の贅沢に身を委《ゆだ》ねたということか。そして二人のうちどちらかは、川面に浮かぶハローキティを目にしたのだろうか。

「一人で二人指名するのも、今日が初めてでしょう。いったい、どうしたいの」

「まだ見ていない……部分的にノーマルなところがある自分にはまだ見えていない世界を、どうしても見たいのです」

光女王様に訊かれたサトウは三つ指をついて答えた。

「サラ、フロントに連絡して掃除機借りてきて」

「はい」

「タロウ、まずはあの袋の中に入っていなさい。本当に違う世界を見る資格があなたにあるのか、テストするよ。どうせすぐギブアップしておあずけになるだろうけど」

工事の段取りを説明するかのような口調で言われたサトウは光女王様からの指示どおり、布団圧縮袋を広げ、開いた口から中へと入り徹底的な土下座の姿勢で待つ。禁止された焼酎といいこの布団圧縮袋といい、持ってきた道具をどう使ってほしいかについての説明など一切しなくとも、すべては熟練の女王様たちに伝わっていた。

「限界を迎えたら、サイン出してもらうから。どんなサインにするか決めなさい」

「それでは、ピースのサインをさせていただきます」

用意された掃除機のヘッドがサトウ持参の先細ノズルへと替えられたのが音でわかる。掃除機がハイパワーの業務用であるためか、運転にともないノズル先端からたてられる空気の擦過音はすさまじく、壊れた笛のようだった。

「いくよ！」

光女王様の声が聞こえると殺虫スプレーの噴射音がし、土下座でいる身体の背中から足裏へと霧の感触を覚え虫扱いされていることにたまらなさを感じるのも束の間、サトウのいる空間は音をたてながらみるみる縮んでいった。

ビッグクランチ——宇宙の収縮だとサトウは咄嗟《とっさ》に思う。膨張しきった宇宙にあるすべての物質と時空が、無次元の特異点に収束する。背や頭、足や臑《すね》はもちろん、首や脇《わき》、横腹、股とふくらはぎの隙間等、皮膚上のあらゆる部分にビニールが張り付き、意思を持った無機物に無理矢理同化されてしまうような被虐感をサトウにもたらした。気圧差で鼓膜も引っ張られ、音の密度が異様に濃い時間が数秒続いたかと思うと、爆発的な音が止《や》み、布団圧縮袋の口を閉められた。収縮した宇宙の中で息の吸えないサトウは、眼球が飛び出さないようじっと目を閉じたまま、早くも限界を迎えかけている。歪《ゆが》んだ時空の中で、時間の流れ方がおかしくなっていた。空気のなくなった状態でまだ数秒しか経っていないと感じもすれば、もう数十秒以上経過していると感じてもいて、苦しさの限界を迎えていたサトウは右手でピースサインを作ろうとした。しかし、ピースサインが作れない。徹底的な土下座のため開いていた手にも五指の隙間を埋めるようにビニールが張り付いており、人差し指と中指以外を曲げようにも、微動だにしない。左手で試そうとしても、脳からの指令を伝達するための神経が死んでいるかのごとくまるで指先は動かず、生きて帰るためのサインを出せなくなってしまったことをサトウは無酸素の中で悟った。

川面に漂っている半裸の男の姿が見える。その男の背にハローキティの刺青は彫られていない。

クワシマでない男の身体が水流で反転しかけた時、轟音《ごうおん》とともに再び宇宙が爆発した。

気圧が元に戻り、全身の皮膚が剝《は》がれてゆくようにビニールの締め付けがなくなると、サトウの身体は自動的に酸素を吸い求めた。吸うという意思も不要なほど、横隔膜の動きに肺や口といった呼吸器系が連動し、酸素を得たばかりの頭の中で、まるでパイプオルガンのようだとサトウは思った。

あるいはこの意識は、この身体にとっての他人になってしまったか。そう思いもするサトウは背中に痛みを感じ、まだ自分は肉体を伴った状態で現世にいるのだということを知った。

「まだ生きてる」

どちらの女王様によるものかわからない声が聞こえる。ビニールで覆《おお》われた空間の口を大きく開かれると、サトウは誰かに左腕を引かれ、外側の空間へと半身を引きずり出された。自動的に行われていた呼吸に対し意識的になった直後、激しく咳《せき》こんだ。

「ちょっとこの子大丈夫かしら。こんなになるまでサイン出さずに我慢してたなんて、よほど決意が固いのね」

サラ女王様の声が聞こえる。サインを出さなかったのではなく出せなかった。他の奴隷たちは袋の中でも行える独自のサインを出していたか、あるいはサインが出せなかったという事実を誰一人として口にしなかったか。

「タロウが持ってきたこのノズル、プラスチックのバリがひどいよ。どうする光さん？」

サラ女王様がそうつぶやきながら先細ノズルを光女王様に見せる。

「タロウはそれを知ってて持ってきたんでしょう。うーん、掃除機が可哀想《かわいそう》だから、ノズルだけ突っ込んであげようか。この太さだったら極太バイブよりは細いし、たぶん入ると思う。ワセリン使えば問題ないでしょう。でもタロウ、怪我しても知らないよ？　まあこれに懲《こ》りて、今日のプレイはここでおしまいになるだろうね。結局のところタロウはこれまでと同じで、その他大勢のだらしない奴隷の一人に過ぎないんだから」

まるで建築物の基礎打ち作業でも始めるかのような口調で光女王様は言い、すぐに準備が進められた。それから一分も経たないうちに、四つん這いになったサトウのアヌスに堅い物が侵入してきた。大仰な前置きもなしに入れてくるあたり、アヌスになにかを入れるのが当たり前である世界に自分がいるのだということを実感させられる。ふだん入れているピンクローターやバイブみたいに亀頭の丸みを模したものとは異なり、奥に入るほど太さを増していった。その状態で自分が置かれている恥ずかしい状況を説明させられているうち、音をあげないサトウに業《ごう》を煮やしたらしいサラ女王様が新品の極太本革一本鞭を床に試し打ちしだした。

「これ、事務所に置いてある一番太い鞭と同じくらい重いよ。こんなので何発も打ったら皮膚裂けちゃうって」

サラ女王様に手渡された鞭を光女王様も試し打ちする。滅多に使わない極太本革鞭が事務所に置かれていることをサトウも知ってはいたが、洗浄の難しい本革製の上等なSM道具に限っては自分専用のグッズを利用したほうがよかった。他の奴隷たちの汗や皮脂の染み着いた革製品は臭くてたまらない。特にプレイ時は嗅覚《きゅうかく》が敏感になった。

「タロウ、内臓の持病とか抱えていなかったっけ？」

「はい」

光女王様から訊かれサトウは頷く。

「はい、ってどっち。どっちともとれる言葉は禁止だよ」

サトウは背をぶたれた。

「正直に申告して。二〇代の健康な身体だとしても内臓にまで負担がかかる鞭だから、ましてやデスクワークで鈍った豚野郎の身体に打ったら内臓破裂しちゃうかもしれないし」

「いたって健康であります。私は、その他大勢とは違います」

アヌスに先細ノズルを挿入されたままのサトウが自信たっぷりに言うと四つん這いにさせられ、鞭での調教が始められた。一振り目が空気を裂く音が鳴ると同時に背中に痺《しび》れを感じ、直後にそれが痛みへと転じた。痺れが痛みであると認識してしまうと二振り目からは打たれた瞬間に痛みを感じ、連続して打たれるうちに四つん這いの姿勢が崩れた。

「おしまいにしたい？」

「……もっと、お願いいたします。まだ、見えてこないんです」

光女王様へ向かいそうサトウが答えると打者はサラ女王様へと交代し、鞭を女王様自身の頭上へ掲げては振り下ろす、という儀式めいた調教が一定のペースで続けられた。踏ん張って痛みを我慢しようにも、アヌスにノズルを突っ込まれているせいでそれすらままならないという心許《こころもと》なさがなんともいえない恐怖をもたらす。痛みの質が痺れのような鋭さから熱っぽさへと変わり、鞭が振り下ろされるペースが遅くなり、やがて止まった。

「運動したら、腸の蠕動《ぜんどう》運動が促されちゃったよ」

光女王様が発した言葉の意味を理解したサトウは、途端に不安に襲われながらも、食いしばりすぎてこわばった口を動かし不明瞭な声で「申し訳ございません」と返答する。

「私も。一本鞭なんかにチャレンジしてタロウも背中から血が出るまで頑張ったことだし、ご褒美《ほうび》をあげようかしら」

「ありがとうございます」

サラ女王様からの言葉により、サトウは自分の背中から出血していることを知った。やがて二人の女王様はサトウの左横でそれぞれ紙皿の上にまたがり排便のポーズをとった。

サトウは〝黄金〟にチャレンジするのも今日が初めてながら、上級者向けメニューをオーダーした。通常の黄金プレイでは何日も前に予約を入れ、プレイ日から逆算して女王様たちは肉を食わず食物繊維豊富な野菜のみを食べヨーグルト等の乳酸菌食品で腸内環境を綺麗にする。ただの食物繊維の塊のような黄金を仕込んでおくことで、奴隷が悪性大腸菌による食中毒にかかることを防ぐというプロの仕事を徹底しているらしく、高いオプション料金にはその技術料が含まれているとされていた。しかし、早くこれまでの自分をも出し抜き、身体の内側からもっと厳しく調教してもらいたいという欲求にサトウは勝てなかった。

「やっと出た」

サラ女王様から一、二分遅れで出した光女王様が恥ずかしそうな口調で言った。

「見ていいよ」

尻を拭《ふ》き終えた光女王様から言われ、サトウは四つん這いのまま二つの皿に顔を近づけた。

実物は違う。変態の価値観からしても異次元へ向いたベクトルそのものである塊を前にして、サトウは怯《ひる》む気持ちを抑えられなかった。鞭で打たれる痛みや、息を吸えない苦しさ、野外露出放置プレイの精神的恥ずかしさ等には散々耐えてきたが、本来なら触れることさえタブーとされている排泄物《はいせつぶつ》を食うのは、味覚で陵辱されることからも他のプレイと質がまったく異なる。それに関して一般人であることへのコンプレックスをずっと抱え続けてきたサトウは一足飛びにいきなり上級メニューを頼んでしまった。通常メニューの安全な黄金と違い、日中に脂《あぶら》まみれの焼き肉をたっぷり食べてもらった二人の女王様のひねり出した黄金は、凶悪かつサディスティックな悪性大腸菌にまみれているのが至近距離で見ているだけでわかった。

　人間の食べるものじゃない。

「ほら、ご褒美の裏メニューよ。箸を使わず口で直接食べるのが当店での決まり」

　実物を前に怖《お》じ気《け》づいているサトウの内面を見透かしているかのようにサラ女王様が言った。サトウは己の情けなさにうちひしがれたまま、二人の女王様の会話を聞いていた。サラ女王様は同僚である光女王様に自分のひねり出した黄金を見られることに関して、同様に光女王様は排便に手間取ったことを少し恥ずかしく思っているらしかった。女性同士で互いの黄金を見せ合う機会など普通はないはずで、そうであるにもかかわらず奴隷の希望を叶《かな》えるためならと、恥ずかしさをまるっきり隠しながら物を出してくれた。それどころか二人は、奴隷であるサトウに対してはなんら恥ずかしいと思っていないどころかまるで虫と同等以下にしか思っていないからそもそも羞恥心の発生し得ない存在なのだとでもいわんばかりの無視を徹底してくれており、サトウはそこに二人の優しさを感じた。自分は、多くの人々に支えてもらっている。黄金は、人間が食べるものではない。しかし、自らを人間以外のものに変えてしまえば、それも可能だ。

「ありがとうございます。いただきます」

眼前で手を合わせ黄金に一口食らいついたサトウの脳裏に、自分が今まで食べてきたうち似た食感の料理や食材がめまぐるしく想起され、直後、それは安全圏へ逃げたがる己の弱さが生みだすまやかしだと全否定する。なにか他の料理や食べ物の味に近いなどと置き換えず、黄金を黄金として認識し味わわなければ現状はなにも変わらないのである。黄金は黄金でありうんこであり糞《くそ》であり排泄物だ。漫然と食物連鎖の頂点に立っていたこれまでと異なり、虫ケラたる自分は排泄物を消化分解する存在として自然の営みの一部へと身体性をともない組み込まれたのである。するとサトウは大地に生えた草の、牛の、そして光女王様の体内を通ってきた有機物に輪廻《りんね》を感じた。続いてサラ女王様の黄金を食し、別の生を生きてきた有機物による口内での主張に圧倒された。声が聞こえる。触れてはいけないものに触れた自分は、なにかと一体化しようとしている。恐怖の元凶を体内にとりこむことで森羅万象から先回りしようとでもいうように、涙があふれそうなまま夢中になりそれぞれ半分ほど食した段階で「二皿合わせて一本分だからそれくらいにしておきな」とサラ女王様から止められ、食べ物を残すのはもったいないとサトウが主張してみても「犬が贅沢品の味を覚えてはいけない」と怒られ皿も下げられた。サラ女王様がトイレへ行き黄金の残りを流し皿もバスルームの浴槽に置いて戻ってくると、食後の放置プレイを命ぜられサトウは膝立ちになり両腕を後ろで組む奴隷のポーズになった。微動だにしないことで少し落ち着きを取り戻したサトウは、つい今しがた食したばかりの黄金の味を覚えていないことに気づいた。置き換えは駄目だとすぐに悟ったものの、自然の摂理や輪廻を感じたいっぽうで、脳は味覚情報という一次的情報を無意識的に遮断していたのか。意識してもなお黄金を黄金としてそのまま味わえていなかった己のレベルの低さに愕然《がくぜん》としたサトウの体内で、なにかがうごめいた。その間、尿意を我慢していたのか二人は順にトイレへと立った。聖水は別メニューだったかとサトウは残念がりつつ、黄金も満足に味わえない自分がそれくらいのおあずけをくらうのも当然だと自責する。いったん己に疑念を向ければ、聖水を聖水として味わえるのかも、疑わしかった。

しばらく続いた放置プレイのあと、なにかデザートはいるかと光女王様から訊かれたサトウは、胸や腹の上で二人いっぺんにジャンプして欲しいと返した。骨折するかもしれないと注意されたがそれでもかまわないとサトウは答え、念をおされたうえようやく了承してもらうとフローリングの上で仰向けになった。出血しているという背中が焼けるように痛み、歪んだ視界に二人の女王様の姿が入ってきた。巨人たちに踏みつぶされようとしているとしか思えぬ光景は圧倒的でサトウのペニスは完全に怒張した。

「いくよ」

光女王様の言葉が発せられた後、二人の巨人は同時にジャンプしサトウの胴体上で数度跳ねた。身体が自動的に丸まり少しも動けない状態のサトウはやがて救急車を呼ばれ、車内のストレッチャー上で奇妙な浮遊感を覚えながらどこかへと運ばれて行った。

＊

素人《しろうと》にしか成し得ない技がある。

点滴液の入った袋を若い女性看護師に取り替えてもらいながら、サトウは掛け布団の下でペニスを軽く勃起させていた。一切の無駄な動作を省きさっさとこのベッドから離れたいという意思がありありと見て取れる彼女による蔑みが、たまらない。サトウが入院した理由は医師だけでなく看護師たちの間にもすべて筒抜けであるようで、不自然なほどの無表情をつくられるか、気味悪がっていることを露わにした険しい表情を浮かべられるかのどちらかであった。そして、どうしても伝わってきてしまう、演技でもなんでもないそれらの蔑みがサトウに恥じらいの念と快楽をもたらした。どんなベテラン女王様たちにもできない蔑み方を、ＳＭ世界における素人であり医療従事者としてのプロである彼女らはごく平然とやってのけている。

　土曜の夜に搬送され、医大を出たてのアルバイト研修医とおぼしき若い男性医師と数人の看護師たちから、出血をともなう背中のおびただしい裂傷と肋骨《ろっこつ》のひびの治療処置を受け、途中で腹痛を訴え人糞《じんぷん》を食したことを初めて告白すると女性看護師に下剤を入れられ、その折にアヌスの裂傷も見つかり、その経緯を説明させられることとなった。その晩は抗生物質を点滴され眠りにつき、数日間の入院を余儀なくされることが確定した日曜には、会社の上司に電話し「繁華街で酔っぱらっているうち暴漢に襲われた」という理由でしばらくの休みを申し出た。

　そして迎えた月曜日、平日の担当日にしか来院しない初老の医師に診てもらった結果、入院以来絶食状態であったサトウへの投薬と点滴の種類や本数が大きく変更となった。どうやら光女王様とサラ女王様二人分の悪性大腸菌はサトウの身体の内側からも厳しい調教を行ってくれたらしい。「死ぬ人もいるよ」という、初老医師の言葉がサトウの耳に残っている。

病室で特にすることもなく、搬送時の持ち物の中からステロイド系軟膏を取り出し陰茎の包皮に薄く塗り引っ張っていると、ナースコールで面会客があるとの知らせがあった。肋骨あたりの痛みに注意しながら別階のラウンジへ行くとクリーム色のジャケットを着たナガノ——ドSの妻をもった常連客仲間の姿があった。

「どうもわざわざ……店のどなたかから聞かれたんですか」

「ええ、昨日サラ女王様から夫婦ともども躾けていただいた際に。ここに入院されていると聞いて、自分の職場からたまたま近かったもので。これ、差し入れです」

午後二時過ぎに外出できる職業とはなにか。線の細い体軀《たいく》と度の強そうな眼鏡にジャケットと、比較的自由に時間を使える研究職の類だろうか。

「あと、ご本名もサトウさんだったんですね」

「ええ」

「トミザワさんから先日も電話があって、久々に皆と一緒に野外でやろうと言われたんですが、サトウさん抜きとなると、サクラダさんと三人でプレイに入ることになるのかなあ」

「そういうことかもしれませんね」

〃皆〃の中から、既にクワシマは除外されているということか。サトウは目の前にいる優男《やさおとこ》も、奴隷のリテラシーを学んだ者同士、クワシマの死を知っていると察した。

「土曜の夜にここに来られて以来、今日で三日目……起きてるとき、なにされてるんですか」

「テレビは子供と老人向けの番組しかやっていないので見る気もしませんし、暇なのでさっきもステロイドを塗って皮を伸ばしてました。分銅がないので、ひたすら自分の指で引っ張って。トミザワ社長のあの皮に負けてはいられませんから」

「やってますね、さすが。サクラダさんは絶対にやらないんでしょうけど」

「不可逆性がどうだとか、自分の身体を変化させたくはないと言っている彼は、やっぱり甘いですよ。経年劣化の速度を追い越し、自らの身体は意識的に変化させないと」

「でも、死に関しての捉え方はトミザワさんよりドライでしょう。○か一のどちらかしかないんでしょうかね」

アヌスに挿入されてはいるから非処女だが童貞であり、高齢出産になってしまうドSの妻から精液のスポイト授精を日夜強制されていると言い張り続ける——一応は新しい生命を生みだそうとしている男に、クワシマの姿はどう映っているのか。サトウの考えが読めているかのように、ナガノはクワシマについて語ろうとはしなかった。

栄養源としてブドウ糖の点滴ばかり受けていたサトウは夜にようやく食事を許され、お粥《かゆ》や味のしない煮物や歯ごたえのない魚など、全体的に水っぽく不味《まず》い病院食をなんとか食べきった。黄金を食べたときより辛く感じている自分に気づいた。翌日の退院を言い渡されたことを受け、サトウは夕食から二時間後に入院患者専用食堂の携帯電話使用可能エリアへと移動し、上司に電話をかけた。明後日水曜から出社できる旨《むね》伝えると、そのことに関しては無関心であるかのような気のない返事で、やがて厳かな口調で切り出した。

「サトウ、おまえ、サワタリさんのこと、聞かされていないか？」

そんな社員がいただろうかとサトウはまず思い、あるいは自分がほとんど接することのない本部の偉いさんのうちの一人かとも勘ぐり、なぜそんな話を切り出されるのかと身構えた。

「いいえ……というか、サワタリさんって、どのサワタリさんですか？」

「マジかよ……ほら、半年前までおまえが担当してた、小川町在住のサワタリさん。一昨日《おととい》、樹海で見つかったよ。リュックサックの中に遺書もあったし、自殺で間違いない。三ヶ月前、どうやらウチに預けて負けたぶんを取り返そうと、バイオ株の信用空売りに残りの財産つぎ込んで勝負に出たらしい。結果はご想像のとおり」

実施される気配が濃厚だった米連邦準備制度理事会による段階的な金融緩和縮小の第一弾は先延ばしにされ、ニューヨーク証券取引所に追従した東証のほとんどの銘柄の株価は下がるどころか高値を更新した。証券会社から信用取引のストップがかかり、定年退職した身ではもう返しようがないほどの莫大な額の追加証拠金が発生したということだ。世界の中央銀行が別の出口を探そうとしたことで、不確実性に賭けていた一個人トレーダーが出口を完全に見失った。

火曜午前に退院したサトウは、土曜のプレイ前に着ていた服を数日ぶりに身につけ、少ない手荷物を持ち駅へと向かっていた。持参したプレイ道具の数々は、女王様たちが事務所で保管してくれている。たった数日間ベッドの上で過ごしていたというだけで、筋肉が衰えたのか栄養が足りていないのか身体は疲れやすく、歩いているだけでも息が上がる。人は誰でも簡単に寝たきりになりうるのだということをサトウは身をもって知った。家に帰り今日一日はゆっくり休むことを考えていたが、早く日常に戻るためにはむしろ休養をとるべきではないと思い直す。しかしいずれにせよ、死ぬ人もいると医師から釘《くぎ》を刺されたような重度の食中毒から、生きて戻った。体外に出ることはあっても他の誰かの体内に入ることは本来ない悪性大腸菌を、サトウは自らの意思で勝手に迎え入れ、そして殺した。

目的地駅で下車するとそのまま私立大学の校舎へと向かった。授業の前後であるからか一帯は学生たちであふれており、サトウは気の強そうな可愛《かわい》い女学生に目をとめては踏まれたり罵倒されたりする妄想をしながら歩く。タワー型本校舎の隣にあるガラス張りの分館の一階に足を踏み入れると、リクルートスーツ姿の学生たちが長机の周りでなにかのイベントの案内のために立っているだけで人気はほとんどなかった。一人分の幅しかないエスカレーターで地下一階に下り、博物館の図書室や特別展示室を素通りし、黒い壁に囲まれた道幅の狭い階段を下り地下二階の常設展示室へと行き着いた。

黒い壁と黒い天井、明るい木目のフローリング床に覆われた静閑な常設展示室は商品・刑事・考古の三部門に分かれており、サトウは階段近くにある商品部門の陶磁器や和紙を素通りし、刑事部門へ向かう。コの字型になっている展示スペースに置かれている〝罪と罰〟をテーマにした展示物の点数は決して多くはないものの、置かれている様々な書状や拷問具《ごうもんぐ》、処刑具はどれもサトウを飽きさせない物ばかりで、外回り中に近くへ来ることがあれば、ここへはよく寄った。つい二百数十年前までは日本でも実際に使われていたという「石抱責」を見る度、三角形の木を数本敷いた台座の上に正座し両股の上に直方体の大きな石を置かれている黒いマネキンにサトウはどうしても自分を重ね合わせてしまうのだった。他にも鉄製の磔台《はりつけだい》を見ればあれに縛りつけられたいと渇望したが、地面に埋めた箱に頭だけ出して入れられ首を鋸《のこぎり》で引かれる江戸時代の「鋸引仕置」の箱や、西欧で用いられていた「ギロチン」には心惹《ひ》かれなかった。首を切断されてしまっては、切断後の世界を認識できない。それに、ギロチンはフランスで一九八一年というわりと最近まで死刑執行道具として稼働《かどう》していたという事実があり、初めて知った時サトウは近年までそのような野蛮な行為が行われていたことに驚いたものの、逆に捉えれば近年までの使用に耐えた合理的かつ人道的な処刑道具であったということである。それと比べれば、ギロチンの横に置かれた異様な外観の処刑道具の無駄の多さは、不合理性を追求した極みであり、たいへんに魅力的であった。

開閉式のマントを羽織った人型棺の内側に、急所を外すようにして無数の針がのびている。ニュルンベルクの「鉄の処女」は、M大学博物館の目玉展示物であり、日本ではここでしか見ることができない。この棺中に押し込まれ、閉じられてしまえば、胸や腹、背、足、腕といったあらゆる箇所に針が刺さり貫通しつつも、急所を外しているため、苦痛を長い時間味わいながらゆっくりと死んでゆくこととなる。人をなぶり殺すための無駄の多さは隣に置かれたギロチンとは対照的で、こんなにも人間のサディズムとマゾヒズムの両面をそれぞれ際立たせるように具現化した野蛮な道具が、東京都心部の私立大学校舎に学術目的とはいえ置かれていることへの違和感は大きかった。展示されている「鉄の処女」はレプリカで実物よりいくらか小さいらしいが、少なくとも小柄な自分が入ることは可能だろうとサトウは見る度に夢想する。マゾヒストの間で最終的にはこれに入れられたいと口にする者は少なくないが、サトウの知る限りクワシマほど真剣にその願望を語る者もいなかった。

突如、全身の毛が逆立ち、サトウは寒気を覚えた。

自分は、この「鉄の処女」の中に、入れられなければならない。

中に入れられ暗闇の中で血を流し続けている自分の苦痛を魂の皮膚で体感していたサトウは、幾人もの人々の気配を感じ取った。孫のように可愛がってくれる老婆、サトウに言われるままに資金を回転させ続けた結果三年間で一二〇〇万の損失を被り最期は樹海に身を投じたサワタリさん——生死にかかわらずその他大勢の人々が、暗闇の中に閉じこめられたサトウの魂へ手を伸ばそうとしていた。

＊

夜明け前に悪夢でいったん目覚めたが、トイレで用を足してまた床につき午前六時に再び目覚めたときには、どんな悪夢を見ていたのかをサトウは忘れていた。思いもよらない人物たちとの再会と子供の頃の記憶が絡《から》んでいるということだけは感触として残っているが、それがどう不快な夢として結びついたのか、具体的な内容は一切思い出せなかった。

家を出て会社に向かうまでの道すがら、駅のホームの最前列に立つサトウは、近づいて来る電車を目にし、後ろに並ぶ人たちから線路上へと押し出される想像を止めることができない。乗車中も壁際に押しやられて圧迫死させられる光景を、乗換駅では階段で転んで大勢の人々に踏まれ死ぬ光景を想像してしまうのを、自身の意思で止めることはできなかった。

想像してはいけない、という意思は想像することへと必ず繋がってしまう。デスクワークに励んでいる午前中も恨みを買った顧客に乗り込まれ刺し殺される想像を、午後の外回り中も訪問宅にて鈍器で殴り殺される想像を、止められなかった。それが連日続いた。

出先から会社へ戻るため地下鉄駅のホームに立ちながら、サトウは暗闇から響いてくる列車の走行音に思わず目を閉じ、自分は絶対に柵を越えて線路の上に飛び込みたいいいいいいいいいいいいいいいいいいいいいないと心中でつぶやいた。しかし転落防止フェンスを越えて線路上に飛び込んでしまう想像を止めることはできず、夜明け前に見た悪夢が続いているようだと思いながら目を開けた。

自分は死にたくないはずだ。

そう強く思うサトウは同時に、根拠の乏しさにも気づいた。自分は死にたくないから、死にたくない。電車が何事もなくホームに進入すると少し安堵《あんど》の念を覚えるも、安堵したこと自体についてサトウは愕然とした。摑《つか》んだ吊革《つりかわ》に身体の重みをぐったりとあずけながら、一つのことを思った。死にたくない理由をいくら心中で言語化して挙げてみても、そのすべてが上滑りしてしまっている。死にたくない、ということをこの身に理解させるためには、ギリギリの綱渡りに挑戦し、こちら側の世界へと戻ってくるしかないのではないか。サトウの脳裏に、週刊誌と官報の文面が蘇った。

＊

新宿を出発したバスが首都高を経由し高井戸から中央道に入り八王子を過ぎた頃、サトウは車両後部の狭いトイレ内で着替えを済ませ、通路側の元の席へと向かった。窓の外へ顔を向けている光女王様を、通路を挟んで反対側の席に座る初老男性が横目で見ており、サトウが光女王様の隣席に戻ると登山帽を深々と被《かぶ》り腕組みをしながら下を向いた。

「穿いてきたの？」

「はい」

光女王様から至近距離で振り向かれ、サトウは反射的にうつむきながら返事をした。

「おしっこは」

「たまっています」

「ズルして用を足してきたんじゃないの」

「いいえ」

「もう少し我慢して。ほら、そのお茶も全部飲み干しなさい」

サトウは五〇〇ミリリットル入りのペットボトルに半分以上入ったウーロン茶をすべて飲んだ。茶の利尿作用もはたらき、山梨の上野原を過ぎる頃には尿意もかなりきついところにまで達し、大月に近づきつつあるところで、光女王様が口を開いた。

「もう限界？」

「はい」

「ここでしちゃいなさい」

赦《ゆる》しという体《てい》の命令を受けたサトウは座り直す動作をすることで、股や尻に擦《こす》れる生地の感触がいつも穿いているボクサーパンツとは質感が異なることと、これが夢の中ではないことを確認しようとする。夢でないということの確証などなかなか得られるものでもなかったが、ＳＭプレイでは確証や確信ではなく信頼に頼らざるを得ない局面が多くサトウは思い切りよく膀胱《ぼうこう》をゆるめた。おむつプレイは何度も経験していたものの、心許ない。介護用おむつの股下部分が温かくなってゆくのを感じながらサトウは不安に襲われる。光女王様が一瞥《いちべつ》してきただけで周囲の乗客は誰もサトウに注意をはらってはこない。窓の外では代わり映えのしない高速道路の景色が流れている。自分が股下に感じている非日常的な違和感と目に映っている光景の平穏さが乖離《かいり》しきっていることに対し、サトウは具合を悪くさえした。

終点の河口湖バスターミナルで下車すると二人は近くの喫茶店に入った。ランチタイムが終わる午後二時の直前で、朝食を摂ってこなかったのか光女王様はビーフカレーセットを注文した。牛肉入りの料理を食すということは、三連休の日曜と月曜を利用した一泊二日のこの出張旅行中に奴隷へ黄金をくれてやる気はないということか。入院の件もふまえ、光女王様からの黄金もしばらくおあずけである可能性のほうが高かった。

「おむつ捨ててきていいよ」

ツナサンドセットを食べ終えたサトウは光女王様から言われ、ボクサーパンツの入った小袋を持ちトイレへ向かった。個室で重くなったおむつを脱ぎ小さなゴミ箱へ無理矢理おしこむ。おむつをつけていたにもかかわらず新たな尿意を我慢していたサトウは便座に座り用を足した。

席に戻ると、光女王様が立ち上がった。

「車借りてくるから。おとなしく待ってなさい」

「はい。お手数をおかけいたします」

サトウは先に会計だけ済ませておき、窓の外を眺めながら光女王様を待つ。レンタカーと宿の予約も光女王様の名義にしているのは、サトウがこの地を訪れた記録は残されないということであった。携帯電話も家に置いてきていた。

退院後にホテルで行った前回のプレイ時、終始リハビリのような様子見に多少の物足りなさを感じたサトウは、終了後に光女王様に一泊二日の調教旅行を直談判した。クワシマの最期に立ち会ったのが光女王様であるという確証は依然としてなかったものの、結局のところ、誰が立ち会ったのかはさして重要でなく、自分の願望をより良くかなえてくれる相手が誰であるかが大事なのだという当たり前のことに気づいたのである。あくまでもクワシマはクワシマで、自分は自分だ。あやうく本質を読み間違えるところだったと安堵していたサトウのもとに翌日光女王様から電話連絡があり、宿泊・交通費等の経費とは別のプレイ代金九万五〇〇〇円を提示された。それが店側によって考えられた常連特別価格なのか、それとも光女王様の個人的な闇営業価格なのか、サトウには未《いま》だ把握できていない。クワシマが最期に指名したとして、彼がいくら出したのかわからない。九万五〇〇〇円のプレイ代金は高給取りの証券マンにとってもさすがに高く感じられたが、人の命を扱う責任がのしかかるという点においてむしろ安いのかもしれない。そして、一〇万円という大台に五〇〇〇円分だけ届かぬキリの悪さは、危険な別次元へと進みたがる奴隷への牽制《けんせい》なのかもしれなかった。

一〇分ほど経過して荷物を持ち外に出たサトウがさらに数分待っていると、プラスチックの安っぽいホイールキャップに「わ」ナンバーのセダンが駐車場へと進入し、店の裏側で停まった。ハッチバック式のＲＶや小型車が全盛の昨今、レンタカー店として一応は車種を確保しておくためだけの理由で店に唯一《ゆいいつ》置かれていたのであろうシルバーの中排気量セダンから、サングラスをかけた光女王様が姿を現した。

「ご苦労様です」

頭を下げるサトウを無視し光女王様はトランクを開け、素早く周囲を見回すと口を開いた。

「早く入って」

返事もそこそこに、後輪の近くに手荷物を置いたサトウは灰色の化学繊維で覆われたトランクの中へと入り込み、運転席側を向くような姿勢で全身を丸め込ませる。目を覆うようにバンダナを巻かれ、両手両足それぞれを太いタイラップで縛られた。

「おとなしくしていてね」

背後からその一言が聞こえた後、トランクが閉められる音と共に視界から完全に光が消えた。やがて車が発進したことを、身体側面にかかる加重と音でサトウは理解する。闇の中を行く旅が始まった。

何も見えない中で散々揺られながらも、市街地を抜け、信号の少ない国道一三九号線を走っていることや、前を行く車から一定の距離を保ちながら走り続けているらしいことなど、サトウは事細かに把握できた。目に見えないからこそ、すべてが把握できている。光女王様は急ブレーキこそ踏まないものの、遊びのように小刻みなブレーキをかけることもあり、リアシートの裏面に身体をぶつけながらその度にサトウは暗闇の中で恍惚とした。後ろから追突されでもしたらひとたまりもなく潰されてしまうという危険性もまた被虐感を増幅させるいっぽう、死の想像を止めることはできないこと自体をサトウは怖《おそ》れた。

やがて減速し左折すると徐行速度でしばらく進み、前後左右に細かく揺られた後エンジンの振動が止んだ。しばしの静寂の後、運転席のドアが開く音がし、やがてトランクが開けられバンダナ越しの視界にも光が入り、いくらか息が楽になったことからも、気づかぬうちに減少していた酸素が一気に肺に取り込まれたことをサトウは知った。

「生きてる?」

背後から聞こえる光女王様からの問いに頷いたサトウの耳にため息が聞こえた。

「なんだまだ生きてたの」

バンダナを外され、人気《ひとけ》があったのかいったんトランクを閉められ、数秒後に再び開けられると今度は手足のタイラップを爪《つめ》切りで切られた。ようやく自由になっても凝り固まった手足はしばらくのあいだ思うように動かず、もたもたしていると尻を叩かれた。

「そういえば私の親戚《しんせき》で、葬式のとき長時間の正座で足を痺れさせて、無理矢理歩こうとしたものだからつまずいて足の小指を骨折させちゃった人がいたよ。注意しなさい。病院でのモノホン医療プレイに味をしめちゃってまた行こうとたくらみでもしたら許さないから」

身体を後ろへ反転させ膝立ちになったサトウは、周囲の人から見つかる前にと素早く外に出た。バランスを崩して尻餅《しりもち》をつき、光女王様のヒールで軽く蹴り上げられる。立ち上がるとまず宿に目が留まり、周囲を見回すと国道が、宿と国道の周りには鬱蒼《うっそう》と繁《しげ》っている森があった。

チェックイン後、期待に胸を膨らませ二階の八畳間へとやって来たサトウだったが、窓から富士山が見える明るいこの部屋とSMは相性が悪いと感じた。光女王様も同じことを感じるらしく、とりあえずビキニパンツ一丁姿になることを命ぜられたあと亀甲縛りで柱にくくりつけられたサトウだったが、ビンタで叩かれる音が思いの外《ほか》響いた。恥ずかしい状況説明プレイを行おうにも、壁は薄く、登山目的で来ているであろう心身ともに健全な人々に変態行為の声や音を聞かせるのはしのびない。かといってアヌスになにか棒状の物を突っ込んだりといったプレイは怪我のことも考慮して行ってくれないらしく、そもそもバイブや鞭はあえて持参してきていないとのことであった。必要とあらば日用品すべてを調教道具として代用する訓練を受けていると以前話していた。半時間ほどで縄を解《ほど》かれたサトウは、次に放置プレイをさせられ、机になった後、部屋の隅で花瓶を乗せる台になったりしたが、森という野外放置に適した絶好の場所を前にして狭い室内でなにをやろうとしてもそれほど盛り上がらず、日が沈みだいぶ暗くなってきた頃に休憩となった。

「夕飯は何時からだっけ」

「六時からです」

「じゃあ、それまでに風呂《ふろ》で身を清めてきなさい」

その一言を聞き、反射的に言葉が出た。

「クワシマさんも、旅立ちの直前に清められたんですか」

窓の近くに置いた鞄から何かを取り出そうとしていた光女王様はサトウのほうを振り向いた。その顔には驚きや不可解さがいっさい浮かんでおらず、まるでこの問いが発されるのを予期していたかのようであった。

「そんなに人のことが気になるの。あなたは、あなたのプレイをしなさい」

クワシマの最期に立ち会ったのはサラ女王様ではなく光女王様で間違いない。サトウは確信した。

狭いながらも富士山をのぞめる半露天風呂にじっくり浸《つ》かり、洗い場で丹念に全身の垢《あか》をこすり落とす。石鹸《せっけん》をつけた木綿タオルで皮膚をこすればこするほど、自分がこの後の野外プレイで後戻りできないところまでいけそうな気がサトウにはするのであった。

湯から上がり部屋に戻ると、短時間で入浴してきたらしき光女王様が来た時と同じ服に身を包んだまま、髪をタオルドライさせていた。すっぴんであろう光女王様の顔は、いつもより少し若く見えた。

「浴衣《ゆかた》着たの」

座りながらサトウの姿を見上げた光女王様が笑う。

六時ちょうどに向かった小さな食堂での夕飯時、サトウは酒や料理一品ずつの味をゆっくりと噛《か》みしめた。

食後、腹を休めるため部屋で国営放送のニュースの流れているテレビを前に二人ともほぼ無言のまま各々勝手に過ごしていると、七時半過ぎになってようやく光女王様が口を開いた。

「そろそろ外でお散歩しようか」

「はい」

頷いたサトウは浴衣から洋服へと半分足らずで着替え、駐車場へ連れて行かれると再びセダンのトランクにおしこまれた。日中に来た時とは異なり目隠しのバンダナやタイラップで縛られはせず、車のエンジンがかかるとテールライトの赤い光が闇の中に漏れ出て、真っ赤な数字に埋めつくされた全面安の株価ボードを連想させた。


青木ケ原樹海中に張り巡らされている幅の狭い遊歩道は、安全の確保された道であるにもかかわらず、訪れた者をすぐにでも森の中へ呑《の》み込んでしまいそうな雰囲気に満ちていた。単二電池式赤色ＬＥＤランタンを手に持ち辺りを照らしながら進む光女王様の後ろを、サトウは黙々とついて行く。青木ケ原樹海で放置プレイをするという要望を出しはしたが、プランの詳細については光女王様に任せてあり、サトウは地理的な詳細についてあえて下調べはしてこなかった。

目印になるような大樹のそばでいったん立ち止まると、光女王様は遊歩道から外れて歩き出した。木の根や落ち葉で覆われた地面を歩きはじめて一〇メートルほどで、サトウは後ろを振り返る。月明かりもほとんど差し込まない視界で、意識しないと遊歩道を認識することはできない暗さであった。この景色を覚えておかなければならないと心がけながら光女王様について行く。木や枝が光を遮るためか、ランタンにより照らし出される範囲が遊歩道を歩いていたときよりぐっと狭くなっている。道先案内人からはぐれれば、たちまち元の世界へは帰れなくなってしまう。湿った落ち葉を踏みつける音も周囲の落ち葉に吸収され、自分が今ここに在るという感覚を消される場所なのだとサトウは知った。身を投じるべきか迷いかけている者がここを訪れ、無音と闇に背中を押されてしまうということはじゅうぶんあり得るだろう。

遊歩道から離れ一分ほど歩いた頃、光女王様が足を止めた。本体底面の収納式フックを用い上下逆さにしたランタンを木の枝にかけ、サトウも背負っていた小型リュックサックをランタンの下におろす。

「服を脱いで」

命令を受け、サトウは隷属契約の象徴である黒ビキニパンツ一丁にスニーカーを履いただけの姿になる。秋の夜ということもあり少し肌寒くはあったが、風が吹いていないためか、もしくは湿気があるからか、腹まわりの弛《ゆる》んできた三〇男が肌を露出しても大丈夫なくらいではあった。

すぐに四つん這いの犬にさせられ、そこらに落ちていた木の枝を投げられては口にくわえ取ってくるというプレイが始まった。宿やトランクの中で行った静的プレイの逆をゆくように、サトウは四肢を存分に躍動させ駆け回る。

「ぼくは変態のサトウだわん、って叫んで」

「ぼくは変態のサトウだわん！」

大自然の中で場所に似合わぬ言葉を叫ぶことは、たいへんな心地よさをサトウにもたらした。木々や小動物、虫、微生物に自分という存在を知らしめるかのように、命令されてもいないのに同じ台詞《せりふ》をもう一度大声で叫ぶ。

「気に入っちゃったの。だったらあと一〇回叫びなさい」

大きく吸い込んだ酸素が、一億三〇〇〇万人にしか使われていない言語に変換され体外へと出てゆく。叫べば叫ぶほど言葉から意味は剥がれ落ちていき、圧倒的自然の中でひたすら叫び続けているこの行為にこそ変態という本来の意味が宿ってきているとサトウは感じた。

やがて光女王様はサトウが背負ってきたリュックサックの中から注射器とホース、それと五〇〇ミリリットルペットボトル入りの「富士山麓《さんろく》の天然水」を取り出した。

「尻出して」

四つん這いのままサトウが黒ビキニパンツをずり下げるとホースがアヌスに挿入され、注射器に充塡《じゅうてん》された液体が腸内に入ってきた。

「汚い！」

ホースが尻から抜かれる時、光女王様の鋭い声が聞こえた。どうやら注入されたばかりの液体を少し漏らしたらしかった。

「せっかく富士山の清らかな恵みをタロウみたいな汚い犬の体内に入れてあげたっていうのに、漏らして無駄にするってどういうこと」

「くぅん……」

「飲み物を粗末にして。罰を与えないとわからないみたいね。明け方まで、一人で野犬になって反省しなさい」

リュックサックの中にすべての道具をしまった光女王様は、最後にランタンを手に持つと四つん這いのサトウを一瞥し、来た道を歩いて引き返してゆく。遊歩道からも外れた場所では、ランタンの灯りが見えなくなるまであっという間だった。

人目に触れるかもしれない場所においてそこにいるのにいないかのように扱われる、いつもの野外露出放置プレイとは違う。ここに、実体をともなった人間の視線は存在しないのだ。変態行為の発し手と受け手が一人の身体と精神に同居しているという、こんなおかしなことがあるか。始められてしまった樹海放置プレイに興奮しつつも、いっぽうでサトウは具合の悪さを感じ始めていた。頭が重くなってゆき、荒くなってきている脈拍を心臓と頭で感じる。

宿を出発する前、「富士山麓の天然水」の中身を半分、フロントで買った地物の焼酎と入れ替えていた。

サトウの予想を超えて辛さは加速度的に増してゆき、女王様の目がないのをいいことに腸内に入れられたばかりの液体を力んで出した。屁も混じった勢いの良い下品な噴射音とともにほとんどの液体が排出されたはずだが、そのまま一分ほどじっとしてみても辛さは増すばかりであった。経口で徐々に消化するのと異なり、直腸がこんなにも短時間で効率よくアルコールを吸収してしまうなどと、サトウは思いもしなかった。

腸内の液体を出した場所から一メートルほど這って移動し、さきほどまでランタンのかけられていた木に背をあずけ座る。なにかの映画で見た敗残兵のようだとどこか他人事のように思いながら、その姿勢でも苦しく感じられ、傾斜でわずかに頭が上になるような体勢で地面に寝ころんだ。むき出しの背中や四肢の裏面にはほとんど落ち葉と土の感触しかなく、大地の熱を感じるようで寝心地は悪くない。木々の枝に繁っている葉の間から空が見渡せ、瞳孔《どうこう》が開き視界がどんどん環境に適応してきているサトウには、影となっている葉と対照的に夜空が明るく感じられた。鼻孔が鬱血し鼻呼吸だけでは苦しく、口呼吸もあわせながら深呼吸を数度すると、少しだけ楽になった。光女王様がどれくらい後になって戻ってくるかはわからない。最後に聞いた言葉のとおり明け方に戻ってくるのだとして、普通の状態であれば待てるのだろうが、今のサトウは急性アルコール中毒に陥っていた。消化物の出口であるはずの肛門《こうもん》から焼酎を注入し、腸から直接アルコールを吸収するという、自然の原理からいちじるしく外れた行いをしてしまっている。今はまだ我慢できる気温でも、日付が変わる頃から明け方にかけての気温低下に身体が耐えられるかどうかはわからない。

ＳＭを通じて自分はなにを学んだか。少なくとも、ただの習慣を本能や正常行為だと勘違いし豚のように安定を求める世間の人々が幸せだと思っていることや身体が直接的に快楽だと思うことを疑わなければならないということは知っている。快楽物質は簡単に心身をだまし、苦痛や危機を見えなくさせる。この体勢の心地よさに騙されてはいけないと思ったサトウはなんとか立ち上がり、身体についた葉や土を手ではらった。地表へわずかに降り注いでいる空の明かりを頼りにしながら、光女王様が去って行った方向へとたどたどしく歩く。一〇歩進んでは両膝に手をついて休み、また一〇歩進む、という状態が続いた。そのリズムを崩し身体を横たえてしまえば、永遠にこの森へ呑み込まれてしまいそうな気がした。やがて、体感時間として光女王様と一緒に来た際と同じぶんの時間を歩いていることに気づき、近くにあるはずの遊歩道を見落としているのだろうと注意深く目を凝らしながら歩き回った。そして、自分が樹海で迷っているのだと、ようやく気づいた。

立ち止まり深呼吸をしながら、サトウは考える。近くにあるはずの遊歩道を探すべきか、光女王様とプレイしていた位置まで戻るべきか、あるいは下手に移動せずこの場で朝を迎えるか。その時、少し開けた場所であるからか風が通りすぎ、サトウは身震いした。アルコールの作用で身体表面に血流が集中しているこの状態でじっとしていれば、体の芯《しん》から体温が奪われ低体温症になった挙げ句死ぬ。出口を探し歩き続けるしかなかった。

どこかで出くわすはずの遊歩道や国道へ突き当たるためというより、身体の動きを止めてしまわないことを優先させるようにして歩いては立ち止まりを繰り返すうち、サトウは視界中にある白い明かりに気づいた。月明かりがなにかに反射しているにしてはその光量は強すぎたし、なにより白色の明かりは人工の光源から発せられているものに違いなかった。木々の合間に見えるその光を見失わないよう、朦朧《もうろう》とする意識の中サトウは歩き続ける。道路沿いの外灯かと見当をつけていた明かりは、たまに虚《こ》空《くう》を動き、LEDライトを手にした人間がいるのだと理解できた。ひょっとしたら、さっきまで調教していた場所へ光女王様が戻ってきたのかもしれないとサトウは一瞬思いもしたが、光女王様が持ってきたLEDランタンは電球を模した赤い明かりを放っていた。他の者であるとして、こんな時間に樹海にいるとは自殺志願者の類かもしれず、それを受け止める気力はサトウにはなかったが、なにより明かりと人気が恋しく、まっすぐに白色の光の元へと近づいていった。

木と木の間を抜けると白色の光が眼前に広がり、瞳孔が開ききっていたサトウは眩《まぶ》しさに思わず目を閉じた。おろされた瞼《まぶた》で視界が塞がれている中、驚いたような男の声が聞こえ、それとは別の男の声がまた聞こえた。目を開くと、ヘッドライトを頭に装着した二人の男が警戒するようにサトウを凝視していた。一人はサトウの近くに立ち、奥のほうにいるもう一人はしゃがんでなにかを手に持っている。ヘッドライトとは別のランタンで手元が照らされており、人工光を反射している二つの四角い箱――おそらくクーラーボックス――と、解体されている途中である動物の白い内臓が見えた。刃物でなにか特定の部位を捌《さば》いている最中であるらしかった。二人はサトウへ目を向けたままなにか言葉を交わし、やがて立っていた男が向かってきた。反射的に男から逃げるように走り出しながら、サトウは解体されていたのが動物ではなく人間であったのだと直観した。

つい今し方までの急性アルコール中毒が信じられないほど、サトウの身体はよく動いた。しかし迫ってくる足音は着実に近づいてきており、左腕を掴まれかけ右に身体を捻《ひね》ると、相手の拳《こぶし》が口元にとんできた。痛みなのかもわからぬ刺激に混乱しそれでもがむしゃらに走り続けると数歩行ったところで身体の重みが消え、自分が宙を舞っていることにサトウは気づいた。黒ビキニパンツ一丁の男の姿が明滅し、やがて消えていった。

意識を取り戻したサトウは、直後に顔面の激痛と、身体中に熱っぽさを感じた。自分がなにかの小木の上に身を委ねていることにも気づき、そして直前に追われた記憶が夢ではなかったことを瞬時に認識する。右脚を動かすと太股の裏側に鋭い痛みを感じ、体勢を変えようとするだけで左のあばらに激痛が走った。最近ひびの入ったばかりの箇所が、今度は折れたらしかった。

息を止めなんとか平地に座り込んだサトウは、周囲に人の気配がないか見回す。人工光や足音はなく、かわりに自分が落ちてきたであろう崖地《がけち》に目がいった。高さにして三、四メートルほどの崖の上には大木の巨大な根が浮き出ている。襲いかかってきた男たちは黒ビキニ一丁の男の転落死を確信したか、あるいは〝回収〟する労力をかけるだけの価値はないと判断したか。ヤクザかなにかの類で死体を捨てに来たのかとも思ったが、ただ捨てに来るためであればもっと近場に捨てるであろうし切り刻んで骨を粉にする等もっとぬかりなくやるだろう。ひょっとしたら、自殺志願者目当ての臓器狩り業者かもしれない。たしかなことはなにもわからないが、サトウはうなり声をあげながら二本の脚で立ち上がった。羽化したての虫のように、出口を見つけるべくよろよろと歩き出した。

崖地を上ろうと迂回路《うかいろ》を辿《たど》っている途中、サトウは化学繊維の劣化したリュックサックと、木の根本に揃《そろ》えて置かれたトレッキングシューズを見つけた。周囲に人骨やロープは見えず、屈《かが》んでリュックサックの中をたしかめるが、何も入っていなかった。そして間近で見るトレッキングシューズは、人工光のない暗がりの中でも本革製の真新しいものであるとわかった。おそらくなんにでも形から入る性格であった生前の持ち主が、樹海での自殺をはかるにあたりわざわざ新品の道具を揃えたのだろう。生死の境へまでもひきずられたその習慣や心理を想像したサトウは急な吐き気に襲われ、その場で嘔吐《おうと》した。新品の靴を履いた持ち主にとり、樹海は姿を隠すためではなく誰かに見つけてもらうための死に場所であった。アルコール中毒もあわさってのものなのかはわからぬがサトウは再び嘔吐し、胃の中から残留物がなくなったことを知ると酸味のある唾《つば》を何回かにわけ地面に吐き捨てた。こんな状況でも、胃酸で歯が溶けてしまわないかと心配した。

たえず激痛におそわれながらもいくらか軽くなった身で、サトウは歩き始める。崖から転落し気絶していた時間がどれほどであったのかはわからない。目覚める前よりうんと酷《ひど》くなっている肌寒さからも、日付の変わり目をまたぎ月曜に入っているのではないかと思う。この窮地を、無事に乗り越えることができるのだろうか。地図やコンパス、食料、水、そして身を覆う服もない。夕飯の消化物も今しがた吐いてしまい、歩き続けていれば遠からず飢餓感におそわれることが予想できた。

ぼくは死にたくない。

サトウは今、なんの迷いもなくそう思うことができていた。

奴隷仲間たちに話さなければならないことが、たくさんある。たとえば今のこの絶望的状態に対し、トミザワ社長やサクラダ、ナガノたちはどういう反応を見せ、他の女王様たちはどう褒めてくれるだろう。正確に伝え、それに対する反応を正確に受け止めたかった。それも誰かの真似や、受動的に読みとってもらうのではなく、自分自身の言葉で伝えたい。クワシマと違う言葉で、自分というマゾヒストを表現する必要がある。彼の言葉と自分の言葉は違うのだと、サトウはその身をもってようやく理解することができた。

自分は他の誰かに、自分の言葉を勝手に語られたりはしたくない。そのためには、生きて戻らなければならない。

バランスを崩し転んだとき、右手の上をなにかがよぎる感触があった。落ち葉の中に隠れゆくその姿が得体の知れない甲虫であることを視認し、サトウはふと、生きていけると思った。自分は二人の女王様の黄金を食べ、身体の内側から鍛えている。必要とあらば、小動物や虫の類も食らってやればいい。骨折の痛みも、本革極太一本鞭で連打される痛みと比べればたいしたものではない。

筋金入りの変態マゾヒストを、甘く見ないほうがいい。相手もわからずそう強く念じながら、サトウは立ち上がると、決然と黒ビキニを脱ぎ、それを闇の中へ投げ棄《す》てた。野ざらしになった股間に感じる寒さがこたえるものの、女王様との契約も棄ててしまった身体に、寒さに打ち勝つべく発熱する全身の筋肉から、獣としての力がみなぎってゆく。

「それでもなお……」

ぼくは恥ずかしさを感じているぞ、言葉の体《てい》をなしていない咆哮《ほうこう》を森に響かせ、サトウは四つん這いになる。眼前の地面を通り過ぎようとした得体の知れない黒く小さな虫——栄養の足しになるかもわからない無意味そのものを口に入れ一嚙みし呑み込むと、やがて森の中を駆けだした。

暗黒の中で、サトウにとって真新しい月曜日が始まった。

トーキョーの調教

1

整った顔の女が泣いている。OAチェアーのハイバックに背をあずけたカトウの視界右端にその姿が映った。

アナウンス室のデスクでアナウンサーが泣くのは珍しくない。しかし入社三年目のタチバナ・シズエが泣いている姿を見るのは初めてであった。スポーツ取材で海外出張中の先輩アナウンサーの代打として昼帯情報バラエティ番組にさきほどまで出演し、午後二時前というこの時間に戻ってきたということは放送終了後の反省会も一時間足らずで終わったはずで、仕事内容について誰かにきつく咎《とが》められたとも考えにくい。タチバナは化粧崩れを気にするようにハンカチで涙を拭《ぬぐ》っているが突っ伏したり俯《うつむ》いたりすることはなく、泣いている顔を隠そうとはしていない。先輩からの視線に気づいていてもおかしくないはずだが、コンタクトレンズを外したのだろうか、カトウの存在はないものとしているかのようであった。時折襲われる、自分が幽霊であるかのように思えるその感覚だけは入社後一三年経《た》つ今でも慣れなかった。

通勤で利用する地下鉄車両内で昨日目にした週刊誌の中吊《なかづ》り広告の見出しが頭の中で視覚情報として甦《よみがえ》る。タチバナにとって入社以来初めての熱愛報道、それも不倫スキャンダルが抜かれていた。関西系最大手お笑い事務所所属の妻子持ち大物芸人との関係の真相は定かではないが、主婦向けの昼帯番組に渦中《かちゆう》の彼女を代打で起用し続けることに情報制作局が難色を示し、明日から金曜まであと三日間代打を務める予定が今日で打ちきりになったか。カトウの先輩でもあるタダ・ミチシゲが出社しタチバナから二席横のデスクについた時、タチバナはタダに挨拶《あいさつ》し一瞬だけ表情を変えたもののその視線がカトウに向けられるということはなく、やはり彼女はコンタクトレンズを外しているに違いないとカトウは思った。

背中に痒《かゆ》みを覚える。シャツの上からカトウは指で搔《か》いた。自分には皮膚がある、実体がある、自分は幽霊なんかではない。指先に皮膚表面のしこりを感じることもなく、寝不足で過敏になった神経がありもしない痒みを感じているのだと思った。しかしシャツをめくり指先に触れた背中の皮膚上にわずかながらの起伏を感じ、背中の方では指の感触を覚えながら、また別の皮膚感覚を引き出した。痛みの記憶、皮膚を打つ大きな破裂音、溶け落ちた蠟燭《ろうそく》が汗を蒸発させる際にたてる匂《にお》いが甦る。報道局社会部の記者らとともに接待した厚生労働省の官僚に二次会の場として案内された六本木のSMバーでの記憶が再生された。

省内から漏れることが確実となった情報に関してはいち早くリークしてくれる官僚は既にバーの常連で、席に着くなり、メニュー表にあった「聖水」を注文した。カトウたち局の人間が酒の入ったグラスを持つ中、やって来たボンデージ姿の女店員が股間《こかん》のファスナーを開き放った小便を官僚が飲み干したところで開宴となった二次会は、午後一一時過ぎから午前三時近くまで続いた。変わった性風俗といえば興味本位でM性感ヘルスに四回通っただけのカトウはSM行為には興味はなかったものの、流れにより鞭《むち》で叩《たた》かれることになった。柄の部分で数本のビニールレザー紐《ひも》を束ねた〝バラ鞭〟は、肌への接触面積が広く力が分散するため皮膚が裂けるような痛みは決してないが風を切る音と肌を打つ音だけは迫力があり、尻《しり》と背中を叩かれる間中、一切抵抗をしなかったことを三〇歳前後の女王様に笑われた。マゾの適性がある、と指摘されたカトウは自分の性癖はノーマルだと受け流したものの、今度はそれを相手に受け流された。自分が何者かは、機会に晒《さら》されないとわからないよ。三〇歳前後の赤いボンデージ姿の女王様はカトウの隣で煙草《たばこ》を吸いながらそう言った。左隣に座っていた報道局の同僚には何も言わず、右隣に座っているカトウにだけ向けた言葉であった。それはいったいどういうことなのかとカトウが訊《き》いても三〇歳前後の女王様は生ハムをフォークで自らの口へ運びながら微笑《ほほえ》むだけであった。官僚をハイヤーで帰し解散となった後、六本木から綾瀬《あやせ》の自宅マンションへと向かうタクシーの中でカトウは勤務時間外労働による精神的疲れと苛《いら》つきを感じ、帰宅後もうすぐ一歳になる長女の顔をしばらく眺めてから寝た。約六時間後の翌朝一〇時半に起床しても苛立ちは消えておらず、それが官僚や会社の者たちの手前、己を解放できなかったという欲求不満であったのだとカトウは気づいた。出入りの制作会社社員だった五つ年下のリカと三年前に結婚して以来、頻度こそ減っているものの妊娠期間と出産直後を除き月二度ほど確実に行われている性生活自体には満足している。M性感風俗に通ったのもリカの妊娠期間中の三回と、つい一ヶ月ほど前に取材先の仙台で足を運んだ時の一回だけだ。

アナウンス室で周囲の視線が届かないのを確認したカトウは鞄《かばん》の中からタッチパネル式コンピューターを取り出し、壁紙として設定してある長女の写真の首部分に位置するブラウザアイコンをタップした。昨夜三〇歳前後の女王様からすすめられた店の名にスペースと「六本木」を加え検索してみると目当ての店に辿《たど》り着いた。料金はM嬢が九〇分二万九〇〇〇円でS嬢が二万六〇〇〇円、無店舗型のため別途ホテル料金が客負担となる。在籍嬢紹介の項目を開くと勤務する嬢たちの一部ぼかし入り顔写真と全体写真が載っており、S嬢が五人、M嬢が一二人在籍していた。出勤表を参照すると五人いるS嬢のうち三人が今夜出勤となっており、カトウはその中からほとんど写真だけで一人の嬢に決めていた。胸のあたりにまで垂れているわずかに茶味がかったロングヘアー、目と鼻にぼかしの入った写真でも卵形の整った顔だちは露《あら》わとなっており、仕事で出会ったよくいるタイプの美人数人の目と鼻をモザイクの中に当て嵌《は》めてみるとどれもがしっくりとくるようで安心感があった。プロフィールへ目を通すと、現役大学生の「マナ」女王様は入店後半年のキャリアがあり、黄金などといったNGプレイは多いがオーソドックスなプレイ、中でも言葉責めが得意だという。それで十分だと踏んだカトウは荷物を持ち人気《ひとけ》のないエレベーターホールまで行き店へ電話をかけ、丁寧な言葉遣いの若い声色の男に応対され今夜一〇時からの予約を入れた。初めてならと六本木にあるホテルをすすめられ、待ち合わせの場所をその近くの喫茶店でと決められた。その足で二階の報道局へと向かった。

アナウンサーとして新卒入社後五年間は規定通りに編成局アナウンス部に籍を置き、

その後の七年間は報道局内各部の記者と編成局アナウンス部とを転々としてきたカトウは、去年再びアナウンス部へと戻った。しかし仕事の半分は報道局での記者時代と変わらない。一六時五六分からオンエアーとなる「イヴニング・キャスト」内でのニュース原稿作成のため、資料が山積みとなっている島に無理矢理スペースを確保した後、オンエアー二時間半前の編集会議に参加した。政治部から順にニュース項目案を出し、共同や時事、ロイター、AP、AFPといった各通信社から仕入れた情報もどう挟み込むかを打ち合わせ、解散してからは各々《おのおの》が作業に打ち込む。送られてくる原稿や映像をチェック後、時間に合わせて原稿の調整を行い次に映像をあてはめるという進行は報道局内勤の者たちによる分担作業であったが、記者生活の長かったカトウにはそれができ、特にアナウンサーとしての視点もあるぶん原稿作成には定評があった。どんな内容でも平均的には二〇〇文字以内でまとめられてしまうニュース原稿のフォーマット特性からすれば必要最低限の情報を盛り込んだだけで上限文字数に達してしまうため、誰が書いてもあまり文面は変わらない。ただその二〇〇文字以内でも僅《わず》かな違いを表すことはでき、それを視聴者は無意識的に感じ取る。一八〇坪のスタジオで生放送が始まってからも同階報道局にいる記者らは忙しく動き回っていた。カトウも新人エムラ・カオリの天気予報原稿読みのアドバイスにつきあっている最中に、急な原稿作りで呼ばれた。五分で書いてくれと頼まれたニュースは緊急に押し込むだけのことはある内容で、老舗《しにせ》芸能事務所所属の男性アイドルグループのメンバー四人全員が昨夜、番組終了後の打ち上げで入った高級カラオケ店内にてファンの女子中学生二名を集団レイプしそのうちの一名に膣《ちつ》裂傷を負わせ、今日の午後三時過ぎにメンバー四人と制作会社スタッフの一人が逮捕されていた。一人娘を持つ身として、赦《ゆる》し難い事件であるとカトウは感じた。この事実を視聴者へ正確に伝えねばならない。しかし憤《いきどお》るカトウの指先はノートパソコンのキー上を迷うことなく動き回り、打ち慣れた単語、打ち慣れた構図の文章を綴ってゆくだけだった。

猥褻《わいせつ》な行為。

女性の身体《からだ》に触れた程度の事件でも、集団レイプの末相手に膣裂傷を負わせたという事件でも、振り幅の広さにかまわずその一言に集約、矮小化《わいしょうか》された。強姦《ごうかん》致傷で間違いないはずだが、メディアに権勢を誇る老舗芸能事務所の力を考慮すれば自主規制せざるをえない。カトウが五分で仕上げた原稿は埼玉県熊谷《くまがや》市が三八度の猛暑日を記録したという五分にもわたる特集の後すぐに読まれた。オンエアー確認用のモニターでは自局の制作番組ではなくどこかのイベントで撮影されたグループ全員の映る動画が背景として流される中、とにかく逮捕されたことだけがはっきりと伝えられ、「ワイセツナコウイ」が具体的には何を意味するのか、原稿を書いたカトウでさえよくわからなかった。正確な情報を伝えるためのニュースを意図的に曖昧《あいまい》にするその矛盾に自分自身も荷担しているのだとカトウは思った。速報の後、フランスで行われたというエスカルゴレースのニュースが紹介され、ＣＭ明けにデパ地下激安弁当特集のＶＴＲが流された。

反省会終了後すぐタクシーに乗り、待ち合わせ場所であり自局と他局の中間地帯に位置する六本木の喫茶店へと着いたのは午後九時五〇分であった。ガラス壁越しに中を見ながら入り口へ近づくと近くに座っていた女と目が合い、女はそのまま席を立った。整った顔の印象がまず目に入り、遅れて白黒の服装が認識される。どこかの企業の広報のように思え、カトウは顔見知りの美人数人の顔を連想しひょっとしたら彼女らのうちの一人なのかもしれないと思いもした。ＳＭクラブを通してネイビーの傘を持っていると伝えてあり、晴れだった今日、傘を持っている人間はカトウ以外にいなかった。

「サトウさん、ですか？」

会計を済ませ外に出てきた白黒の服装の女に挨拶された時、カトウは彼女が知人でなかったことを確認すると同時に本当に女王様なのだろうかとも思った。写真で見た茶味がかったロングヘアーとは異なり、黒髪の左右の毛先が鎖骨のあたりでそれぞれ首の内側へとカールしている。カトウよりも一〇センチほど低いだけの身長は一七〇センチくらいだろうか、黒いスカートからのびる脚は長く、膝頭《ひざがしら》が小ぶりだった。白い半袖《はんそで》シャツを着ている女の顔にはアイシャドウやチーク等で濃いめの化粧が施されているものの肌の張りで彼女の若さがわかった。手に提げている黒いボストンバッグの存在感だけが服装とマッチしていない。

「マナです。よろしくお願いいたします」

名刺を渡された後カトウは女に連れられ近くのホテルまで歩いた。正面玄関に入ってすぐ、女はカトウから離れエレベーターホールへ向かった。カトウはシングルルームの素泊まりで部屋を取った。フロントに二人いるうちカトウの応対をしているオールバックの若い男がエレベーターホールのほうへ目をやった気もしたが、ただそれだけだった。派遣型高級性風俗店の多い立地柄、慣れているのだろうか。するとカウンターの左隣に立ったスーツ姿の中年女性に顔を二度見されカトウは緊張した。局内では幽霊のような存在感の自分が、こんなところでは存在感を露わにするとでもいうのだろうか。キーを受けとりすぐエレベーターに乗り七階のボタンを押した。若い女と二人きりで乗るエレベーターの天井に、どこへ映像を送られているかもわからない半球シェルター型防犯カメラを一台、降りた七階の廊下でも部屋に着くまでの間に同型のカメラを二台目にした。部屋に入り警戒を解いたのも束の間《つかま》、ホテルの一室に若い女といるという事実に緊張した。ここは職場からそう離れていない。

「料金の支払いは？」

「後払いで大丈夫です。逃げられる方なんていませんから」

逃げられない。きょうびこのような趣味を愉《たの》しもうとする人種にケチな思考の者などいないと言っているのか、物理的な要素によって逃げられないと言っているのか。ただ、金を払った側が権利を主張できる通常の客サービスとは次元の違うところへ足を踏み入れてしまったのだとカトウは知った。

「シャワー、先に使われますか」

「いいえ結構です。それにサトウ様にもその必要はないと思いますけど」

この手の遊びの際半ば自動的にとる行動スキームを狂わされたカトウは、携帯電話で店へ連絡した女からクリップボードに挟まれた一枚の紙を渡された。

「このアンケートにご記入いただけますか？　その間に私は着替えてきます」

Ａ４判の紙には質問項目がいくつもあった。ＳＭクラブ、又はプライベートでのプレイ経験の有無。自分のＳＭ属性。呼ばれたい名前。好きなプレイとＮＧプレイにそれぞれ印をつける欄には、縄緊縛、浣腸《かんちょう》、鞭打ち、猿ぐつわ、蠟燭、放置など色々ある。体の中に何かを入れる類《たぐい》、浣腸やアナルバイブには×印をつけ、「マゾ／ソフトマゾ／ノーマル／ソフトサド／サド／不明」の選択肢がある自分のSM属性については「ノーマル」と「不明」の二つに丸をつけた。理解できない質問へは何も書かないでいると、バスルームのほうから黒光りする大きな女がやって来た。エナメルの黒いスーツに全身が覆《おお》われている。不安定さはそれに拮抗《きっこう》する力を生む。かなり高めのハイヒールに抵抗して立つマナ女王様の尻は上を向き攻撃性を漂わせていた。カトウから手渡されたアンケートをベッドの縁に腰掛けて読みながら、マナ女王様は質問した。

「サトウ様はこういった店からの派遣で行うSM自体が初めてで、SM属性はノーマル、それと、不明、なんですね」

「はい」

「でも、私のようなS嬢を呼んでいますよね」

「はい」

「ノーマルだったら呼ばないと思います」

紙から目を上げずに言ってくるマナ女王様に対しごく数秒返答しそびれたカトウは、何か言う機会を永遠に失った。

「きっかけはなんでしょうね？」

「……昨日、仕事のつきあいでＳＭバーへ行きました。Ｍ性感ヘルスでも一回だけ、遊んだことがあります」

マナ女王様は首を数回頷《うなず》かせた。カトウの脳裏には四つの店で出会ったそれぞれの嬢の顔が彼女らの動きと声とともに想起されている。

「何かご希望のプレイはございますか？」

「……軽めのものってなんですか？　あまり痛くなく、身体の中に何か入れたりはしないもので」

女王様は少し思案し、クリップボードに留めていた目をカトウへ向けた。ここは病院の診察室か。性風俗の女と遊んでいるという感覚はカトウの中でゼロに近くなっていた。

「たとえば鞭でも、バラ鞭ならあまり痛くありません。あとは縄緊縛や拘束具での固定、言葉責めなんかがあります」

「じゃあ、状況に合わせて適当に……お任せします。まだ自分の好みは不明なので」

「そうですね。プレイしてみないと、自分のタイプはわからないですもんね。晒されてみないと」

カトウはマナ女王様の顔を見た。あの店で三〇歳前後の女王様から同じことを言われたばかりであり、彼女たちの世界にはその手の価値観を説くマニュアルでもあるのだろうか。これでプレイに移るのかとソファーから腰を浮かしかけたがまだ質問は続いた。SM以外の性的嗜好《しこう》、家庭環境、子供の頃嫌だった思い出、コンプレックス、人に誇れる面、趣味、動物に対する偏愛、最近抱えている悩み事——様々なことを訊かれ、その度にカトウは答えられるものに関し言葉少なに答えてゆくうち、仕事については何一つ訊かれていないことに気づいた。あまり表に出ないとはいえカトウにとりアナウンサーとしての社会的な自分を辿られてしまうのは恐怖であり、その質問をしないというルールがあるのか彼女自身の判断だったのかはわからない。

「セーフワードを決めましょう」

セーフワードが何なのかわからず先ほどのアンケートでは空欄のままだった。

「私が進行させるプレイに対し、本気で止めてほしい、加減してほしい時、サトウ様におっしゃっていただくワードです。たとえば、やめてください、どうかお許しをなどという普通の懇願はプレイ中に当たり前のように出てくるワードなので、お客様が本気でおっしゃった場合でもスルーしてしまうことがあります。なので、はっきりとした拒否、中断の言葉をあらかじめ決めていただきます」

「……たとえば、どんなワードが？」

「セーフワードのニュアンスから大きく外れたワードを当てはめる方が多いです。殺してください、いったん持ち帰ります、ラヴアンドピース、愛しています等、色々です。全然関係のない、それでいてプレイ中口にしやすいフレーズであればなんでもいいと思います」

何も考えず、耳に残ったワードを引用しそのまま口にする。

「愛しています、で」

「かしこまりました。オリジナルの言葉に変えたい場合はおっしゃってください。それではプレイに移らせていただきます」

女は腰掛けていたベッドから立ち上がった。掛け時計を見ると既に二〇分が経過しており、九〇分のうちそれだけおしゃべりに費やされたのは長すぎるし、残りの七〇分近くを未経験のＳＭプレイに費やすのも長すぎる気がする。居心地の悪さを感じカトウが立ち上がりなんとなくベッドに近づくと、マナ女王様に背後へまわられ背中を強く叩かれ、続けて硬い物で打撃をくらった。ヒールで背中を蹴《け》られたのだと遅れて知覚しマットレスに両手をつくようにして倒れ込んだカトウは一瞬でいたたまれなさを感じた。

「わざとらしいね」

その通りだった。華奢《きやしや》な女性に蹴られたくらいで、大げさに倒れ込んだ。考える間もなく、身体がそう反応した。

「サトウさんだっけ、あなた本物ね。何がノーマルよ」

起き上がり後ろを振り向いてすぐさまカトウは右頬をビンタされ、反応に困っているとその直後にもう少し強いビンタを左頬に受けた。

「奴隷《どれい》のくせにいつまで服を着ているつもり？」

指摘されすぐスラックスとポロシャツを脱いだカトウはトランクス一丁の姿になった。

「なに、鍛えちゃってんの？　モテようとしているの？」

訊かれたカトウは力なく首を横に振った。マナ女王様の呑《の》みこむように抑制した、それでいて語尾が尻切れというわけでもない声にはわざとらしさがなかった。言葉の処理で迷っておらず照れを微塵《みじん》も表さない分、それに従わなくてはならないという必然性を感じさせる。人前に出る機会もある職業柄週に一度は腕立て伏せと腹筋運動を各四〇回行っています、などと言い訳しかけてやめた。職業を知られる手掛かりを与えてはならない。マナ女王様はカトウの両乳首を左右それぞれの親指と人差し指とでつまみ、引っ張った。

「どう？　乳首引っ張られて」

マナ女王様は怪訝《けげん》そうな表情をした。演技ではないようにカトウには思えたが本当はどうなのかわからないし実際にそうだったとしたら何を間違ったのかと気になった。

「あなた、初めてじゃないんじゃない？」

「いえ、本当に初めてです」

「乳首が立っております、だなんてよくはっきり言えたわね、初めてなのに」

続けざまトランクス越しに睾丸《こうがん》を人差し指で弾《はじ》かれ、カトウは反射的に腰を引いた。

「これはどう」

「さすがに痛い……です」

マナ女王様は再びカトウの乳首をつねりだした。駒《こま》が一マス戻っている。肉体的痛みは軽減されたものの女王様により苦痛をコントロールされているという被虐感《ひぎゃくかん》とその八百長の構造に自分が組み込まれているという二重の恥ずかしさにカトウの息は浅くなった。

「そういえばまだ名前決めてなかったね」

「サトウです」

カトウが口を開いてすぐ頬にビンタが飛んだ。

「違うでしょ。なんて呼ばれたいの？」

プレイ中に呼んでもらう名前か。理解したカトウが思案し始めたのも束の間、

「私が決めちゃってもいいの？ じゃあポチ。簡単すぎる？ ポチでいいよね。お座り」

犬としても無個性な名前を与えられサトウですらなくなったカトウはすぐさま四つん這《ば》いになった。目の前にマナ女王様の下半身がある。キャットスーツというのか、股間のファスナーも閉じたままの衣装は全身を覆い隠し、店外で会ったときより肌の露出は少ない。性風俗のサービスを受けているはずなのに性から遠ざかっていっているように見えるのはどういうことなのかと思った。

「違う、お座りだよ」

カトウは身動きがとれなかった。

「誰も命令してないのに抵抗なく四つん這いになれるんだね、ポチは。初めてなのに」

自分はいったい何者なのだ。初めてなのにこの四つん這いの姿勢を、自分自身の身

体が記憶している。考える間もなく自動的に繰り出される四肢の動作に、カトウは自分が記憶を失った元ＳＭ愛好者なのではないかと思った。お座りの体勢になろうとした矢先、すぐ目の前にマナ女王様のハイヒールのつま先を差し出され反射的にそれを舐《な》めようとし、すんでのところでやめた。直後、背中をヒールで踏まれた。

「舐めようとしたでしょ。これがご褒美《ほうび》だってわかっちゃってるんだ。初めてなのに？」

「初めてです、本当に」

「……じゃあ、奴隷のポーズを教えてあげる」

「ありがとうございます」

「お礼までちゃんと言えちゃうんだね。まだ躾《しつ》けてないのに」

己の中の不明な部分をまた一つ知ったカトウに考える時間は与えられず、奴隷のポーズの指導が始まった。

「膝立ちになって……もっと開く。両手を頭の後ろで組んで、腰はちゃんと前に突き出す……脇《わき》を閉じるな」

注意される度、当たり前のように頬にビンタが入った。初めてのことであるのにもかかわらず、あたかもできて当然の行為の審査を受けているというふうであり、自分は過去にこのポーズをとっていたことがあるのにそれを忘れてしまったのかとカトウは思った。

「そのポーズで、私に何をされても動いちゃダメなんだからね。じゃあ次は、土下座」

ごく普通の土下座の体勢をカトウがとったところで背中へ強めの蹴りが入り、唾《つば》まで吐かれた。なんでそれができないのか。脇をしめて手は前に、脚は開き気味にし、接地面積を増やすため顔は頬まで床におしつけ、尻は突き上げろ。言われたとおりにできたつもりでも、厳しい指導は入り続けた。

「全然だめね」

マナ女王様は足音とともにカトウから離れていった。ベッドで横にでもなっているのだろうか。右頬を床におしつけているため状況を視覚でつかめないでいるカトウの耳に空気を裂く音が届いたのと同時に尻に痛みを感じた。鞭で打たれた。続いて背中にマナ女王様の体重を足でかけられ、また打たれた。

「私が体重かけたら背中がたわむじゃない。地面と同化できてたらそんなふうにならないよ」

その後も指導が入る度に何回も鞭で打たれたが音だけは激しいもののあまり痛くは

なく、昨晩のSMバーで用いられたのと同じバラ鞭だとカトウは理解した。官僚が打たれていた革の一本鞭とは素材からくる音の重みが違い、風を切る音が高めであった。

「次があったら、その土下座か奴隷のポーズで待ってるんだよ……って、ポチ、股間が膨らんでるんだけど。どういうことか説明して」

自身の勃起《ぼっき》に気づいたカトウは、この硬直の理由がなんなのかと疑問に思った。性的なサービスを受けているという意識に沿うよう身体のほうがすすんで応《こた》えたのか、性器に触れてもらえず相手の裸も見えないこの特別な行為に、もっと原初的な衝動で勃起したのか。

「ホテルのカーペットにおしつけられた顔とは反対に、私の尻はマナ女王様の麗《うるわ》しきお顔に向かって突き出されています。頭に血が上りトランクスの生地越しではありますが尻の穴は無警戒に広げられるという心許《こころもと》なさ、これこそが隷属となることで得られる非日常性なのでしょうか。私は今まさに、性的に興奮しております」

自分の状況を説明し終え、マナ女王様が黙っていることに気づいたカトウは土下座を緩め、顔だけ上へ向けた。女王様の表情が先ほどまでとは変わっていた。訝《いぶか》しげな眼差《まなざ》しで見られている。そしてなぜだか日中にホームページ上で見たモザイク写真の顔のようだと生の顔を見ながら思った。

「あなた、やっぱり調教済みでしょう？」

「いいえ、初めてです」

「初めてでそんなにうまく自分の状態を表せるっていうの？　調教された犬じゃなきゃできないよ、そんなこと。どこの常連だったの？」

調教された犬——局に入社した一三年前、アナウンス技術を〝調教〟された。つい、職業病として身体に染《し》み込んだ実況技能を用いてしまった。

「どこの常連でもありません」

「本当だか……はい、奴隷のポーズ」

土下座から奴隷のポーズに体勢を変えたカトウにすぐさま指導の鞭が打たれた。

「で、どうするの？　その股間」

手を頭の後ろで組みながら膝立ちの状態でいるカトウが何も言えないまま女王様の顔を見上げると、頬に連続ビンタが入った。

「許可されない限り女王様の顔を奴隷の分際で勝手に見ちゃいけないんだよ。それに、私がポチの股間をいじめてあげると思った？　自分の股間は自分でいじめるんだよ」

挿入やフェラがNGなのは知っていたが、手コキもか。カトウは今更それを知ったが期待はずれと思いもせず、トランクスをずり下ろそうとするとバラ鞭でピンポイントに腕を打たれた。

「気が早いんだよ。私がまだ許してないでしょう。……馬鹿《ばか》犬の相手してたら疲れちゃった、ちょっと休むわ。ポチ、椅子《いす》になって」

四つん這いになったカトウの背中の上にマナ女王様が座ると、そこから沈黙の時間が始まった。揺れ動いたりすればその度に無言で叩かれ、時折叩かれる時以外無音状態のままどれほど時間が経過しているのか、時計を見る自由も奪われたカトウにはわからなかった。愛しています。その言葉が頭に浮かんだ。セーフワードとやらを口にすれば、この状況からは解放される。しかしカトウは今この局面でそれを使いたいとは思えないでいた。自分に与えられた行動の選択肢の少なさが心地よかった。

「黙っててもどうにもなんないよ」

鞄からとってきた携帯電話らしき機器を操作していたマナ女王様がカトウの背中の上で言った。

「手で自分をいじめることのお許しをいただけませんか」

「勝手にしごけば。気が向いたら見ててやるから」

三肢で身体を支え右手で陰茎をにぎったカトウは堅さが維持されるどころか最高度にまで増していたことに驚いた。この硬度からして、どうやらただ単に射精の機会を先のばしにされたことだけが理由とは考えにくい。SMで勃起しているのだ。そして血液で満たされた海綿体はこの姿勢だとただ血入りの棒を股間から下げているという体感しかなかった。

「もう出ちゃいそうです」

手の動きが止まらず射精しかけ、どこで学んだのかもわからない言葉が自然と口から漏れた。

「床に出す気？」

咄嗟《とっさ》に左掌《ひだりてのひら》を自分の陰茎の先にあてがおうとしたカトウだったが、背中に座る女王様はどかない。尻の揺れが伝わってきた。奴隷の困惑を見透かし笑っている。

「あとで床掃除しなさいよね」

その言葉と同時に背中を叩かれ数ストローク目でカトウは射精した。首を曲げポリプロピレンのカーペットに放たれた大量の白濁液を目にし一瞬力が抜け椅子の体勢を崩したとき再び背中を叩かれた。

「使えない椅子だね。もういいから掃除しなさい」

カトウはティッシュや水に濡《ぬ》らしたハンドタオルで床を拭《ふ》いた。その隙《すき》にさりげなく掛け時計を見ると一一時二五分で、プレイ時間の九〇分を満たそうとしていた。終了時刻から逆算してこの最後の流れも組み立てたのか。床を汚したところで掃除はホテルに任せてしまってよいのだろうが、念入りに濡れタオルで同じ箇所をこすり続けるのも女王様の監視下だと嫌ではなかった。奴隷の自分には何も考えず機械のようにこの行為を続ける以外の選択肢はない。

「タオル、濯《すす》ぎなおしてきて拭くんだよ。ポチの残骸《ざんがい》を残されちゃこの部屋もかわいそうよ」

むしろ表面の起毛を荒らしたんじゃないかと思えるほどに水道水の染みで濃く変色したカーペットからカトウが顔を上げると、さっきとは別の女性から視線を向けられていた。

「それではこれで終了となります。サトウ様、どうもありがとうございました」

キャットスーツを着た女性に微笑みながらの会釈《えしやく》をされ、考える間もなくカトウも

「あ、どうも」と会釈を返した。

「サトウ様、シャワー浴びられますか？」

カトウが首を横に振るとボストンバッグを抱えた女が着替えのためバスルームへ消え、一人残されたカトウはとりあえず服を着だした。喉《のど》のいがいがをとろうと痰《たん》を切る要領でわずかに喉を締めて声を出したところ、カーペットやカーテンといった吸音

材だらけの部屋で不明瞭《ふめいりよう》な濁った声が内耳と外耳を通して聞こえ、同時に感じた恥じらいに、つい数分前までいた世界が確かなものであったことを実感した。

「お待たせしました。サトウさん、着替えたんですね」

喫茶店で待ち合わせたときと同じ格好で戻ってきた女は、さきほどまでより僅かに砕けた口調である。プレイ前に会った女やプレイ中のマナ女王様ともまた違う、別の女を相手にしているような感覚にカトウは襲われた。

「それでは延長なし九〇分の代金、二万六〇〇〇円になります」

カトウは接客業の店において一万円超えの現金を払う時の習慣で会社宛《あ》ての領収書を切ってもらおうとしかけ、抜き出した名刺を慌《あわ》てて戻し一万円札を三枚渡した。ホテル代も含め自分だけの遊びのために数万円もの身銭を切ったのは久しぶりで新鮮味すらあった。

「どうでした？」

「一回来ただけじゃ、まだわからないというか……」

「サトウ様には素質があると思います。次はもっと先の段階からスタートしてどんどん進みましょう」

「ですよね、わかりました、もし次来た時は」

プレイ前のカウンセリング時と近いが微妙に顔つきも話し方も異なる女性に対しカトウは笑顔で頷いた。

「誰かに似ているって言われません？」

「いや、言われません」

即答してから遅れてカトウは動揺しかけた。顔が割れるほど世間から認知されているわけでもない。ホテルを出てすぐ地下鉄の駅へと向かうという女と別れたカトウはタクシーに乗り彼女が利用するのとは別の地下鉄路線の駅まで向かい、ワンメーター分で下車すると綾瀬駅行きの地下鉄に乗った。真っ暗な穴ぐらの中、電車が轟音《ごうおん》を立てながら進む。

2

午前八時過ぎに起き3LDKの寝室からリビングへ寝間着のまま移動したカトウは台所に立つリカを尻目に、座布団《ざぶとん》の上で寝る南乃花《なのは》の寝顔を見ていた。おむつを交換されたばかりなのか、泣きじゃくっていた小一時間ほど前までとは違い寝息を立てている。三年前、結婚して半年足らずで購入したこの部屋に揃《そろ》えた北欧家具の数々も、ある程度の高さがあるものに関しては万一転倒した場合を考慮し、娘が生まれてからすぐ売り払った。実家暮らしだった学生時代も含め床中心の生活を送ることに慣れていないカトウであったが、娘のためを思えば努力など要せずごく自然に順応でき、すでに赤児《あかご》と同じ目の高さを獲得できていた。しかしながら三六歳の今、自らが赤児だった頃の目の高さの記憶は持ちあわせていなかった。

「今日は夕飯どうするん？」

折りたたみテーブルの上に朝食を置きながらリカがカトウに尋ねた。仕事内容や休みが曜日によって厳密に固定されているわけでもないカトウに対し妻がそれを尋ねるのは日課だ。

「何か食べてくると思うから、作らなくていいよ」

休職中の制作会社へはいずれ復帰すると言っていたリカも最近はそのことを口にしない。五歳年下の彼女が専業主婦になってもかまわないとカトウは思っていた。家庭を支えるだけの稼ぎは充分にある。カトウにとり家族は生き甲斐《がい》だった。そして生き甲斐はそれ以外にも色々あった。

南乃花が声を出し、焼き鯖《さば》を箸《はし》でほぐしていたリカが手を止め彼女の元へ四つん這いで向かった。泣きだしたわけではなく、ただ声を出していた。前言語期の乳児の発声は高効率でロスがなく、どんなに訓練を積んだアナウンサーや歌手でもこの声の通り具合には敵わない。どの音韻体系にも変換されていない母音は五音にすら分類されておらず、それがゆくゆくは言葉に結びつくとは到底思えなかった。こんなにも響きの良い声を失ってまで母音の五音や子音を獲得し、言葉を、日本語を習得してゆくことが果たして喜ばしいことなのか、カトウにはわからない。

〈……北方領土である国後島《くなしりとう》に上陸し「コイン一枚分の領土も日本には渡さない」としたウラシェンコ外相の声明を受け、ナカトミ外務次官は、「北方領土問題に水をさす事態だ。これを打開するには、北方領土問題の早期解決が大事だと思っている」とコメントしました〉

漫然と音だけ聴いていたカトウは、自分の理解力が不足だったのかと一瞬錯覚した。北方領土問題を打開するために北方領土問題の早期解決を目指すとはどういうことなのか。リカは平日は毎朝この他局のニュース番組にチャンネルを合わせている。二年前からメインキャスターにウオガシ・タケルが起用されていた。カトウと同期入社のアナウンサーであった彼は入社後まもなくニュースとバラエティー番組の両方で頭角を現し、三年前からフリーアナウンサーとして活躍していた。制作会社にいた頃のリカは昔、ウオガシとも交流をもっていた。リカから一瞥《いちべつ》された気がしたカトウが妻の顔を見ると、耳に聞こえてくる音が変わった。チャンネルが切り替えられており、自局でやっているニュース番組内の、大阪出身の漫才コンビが芸能ニュースを五分間で紹介するコーナーであった。東京都港区からの電波に乗り、関西弁が全国へ発信されている。

「この人ら最近、無理矢理社会派路線でいこうとしてるやろ？　無理あるわぁ、ついこないだまでミナミの素人《しろうと》にいたずらするしょうもないレギュラー番組、地元でやっとったのに」

リカの話を聞きながらコンビのやりとりも聞いているうち、カトウはふと気づいた。

「ツッコミの彼、標準語で話してるよ」

「東京でネタやるときは大抵そうやで。ボケは関西弁、ツッコミはなるたけ東京弁」

東京弁、否《いな》、標準語であろう。ともかく自分の耳が不確かであったことを知ったカトウはうなずきながらリモコンを操作した。チャンネルを切り替えた先の国営放送では有名なベテラン男性アナウンサーが色のない声で金融市場についてのニュースを読み上げており、他局ながら見事な技量だといつものように感心する。ベテランアナウンサーとは数年前の新年一般参賀の際、皇居長和殿前の広場で天皇陛下の一回目のお出ましを待ちながら話をしたことがあった。その日の仕事を終えたら正月休みとして郷里の長崎へ帰るのだと、訛《なま》りの一切ない喋《しゃべ》りで教えてくれた。マイクにのっていない時の声もNHKアクセント辞典の正しいアクセントを忠実になぞっていたうえ、数メートル離れた箇所で自局のクルーたちと打ち合わせているときの抑えめの声でも倍音がきいており少なくともカトウには筒抜けだったということを音の記憶とともに覚えている。だがそれほどまでに鮮明な記憶と裏腹に、ベテランアナウンサーの名前が出てこなかった。

弁当を持ったカトウは自宅から歩いて五分の綾瀬駅から東京メトロ千代田線に乗った。午前九時半で座席は空いているものの、他の客から口元を見られないようドアの前に立ち、地上の風景に目を向ける。地下へ潜る北千住《きたせんじゅ》駅までの一駅にも満たないわずかな距離で、声を出さずに実況中継練習に励むのが日課だった。毎日乗る同じ列車からの景色でも、時間帯や立つ位置、話し手であるカトウ自身の状態によって内容は変わる。同じに見える対象の繊細な差異も見逃さないという職人気質を誇れる気もする一方で、まったく同じものに対し自分の主観からその時々でまったくの出鱈目《でたらめ》を言っているというだけのことかもしれなかった。しかし何度かのブランクがあっても鍛錬のおかげでアナウンス能力を一三年間失わずにやってこられた。普通であれば他部署へ異動して二年間以上アナウンス部から離れた者は職業的勘を取り戻せず、現場に戻ってくることはない。アナウンス部に戻される約束はなかった報道局勤務時代にも練習を日々欠かさなかったカトウは、かといってアナウンス部に固執していたわけでもなく、特殊な身体技法を失うことに耐えられなかったのかもしれないと今でこそ推測できる。実況アナウンサーとしての技をきちんとものにするまでには二〇年かかるとされており、その指針がある限り、カトウは未《いま》だ能力の到《いた》らない自分の努力を肯定することができた。列車がゆっくりと地下へ潜り始め、窓の外で闇《やみ》がせり上がってくる。

午後二時のオンエアー開始から二時間弱が経ち放送終了時刻へとさしかかっているワイドショー内で、コメンテーターの元政治家とゲイのイラストレーターがいじめ問題について激論を交わしていた。三〇年以上前に地元青森でヤクザに頼み対立候補を恐喝していたとの噂《うわさ》で有名な元政治家の顔は、議論している最中に悪人そのものとなり、モニター用ディスプレイで見ているカトウはこの光景を奇妙に思った。少なくとも暴力による恐喝の噂が一般レベルにも知られている人間が各局のＴＶ番組に何十年も顔を出し続けていられるという現状は奇妙であった。生放送が終わり数分の休憩を挟んですぐ出演タレントを交えての反省会の後、スタッフだけでの反省会が始まった。片づけ作業をしているスタッフたちが忙しく動き回るスタジオの隅で、番組に直接的に関わる十数名が円を描くように立っている。さっきから異様に堅苦しい直立不動状態でノートを構えているのは入社一年目のエムラ・カオリだ。番組内のニュースコーナーで、彼女はニュース原稿を読んでいる。セクション単位で順に反省点を述べ、時に問題点を指摘したり改善点を探ってゆく。

「カトウ、何か気づいたことは？」

ディレクターからの声に、カトウは自分がアナウンサーとしての意見と、去年まで二年間在籍していた報道局の人間としての意見のどちらを求められているのか一瞬判断に迷った。

「……特にはありません。いくつかの細かい指導は、あとでエムラさん本人に行いますので」

エムラが大きな瞳《ひとみ》を向けながら軽く頷く。そしてカトウとエムラの両人を同時に捉《とら》えているような視線をカトウは感じたが、それが誰によるものなのかはわからないいま反省会は終わり、いつもどおり翌日の放送について現時点でまとめておけるところまでは話し合った末、お開きとなった。スタジオの隅へカトウが移動すると、足早にエムラもついてきた。アナウンス部の新人教育担当を請けおわされたのも、管理職に就かせるための上からの布石であるのは疑いようがない。

「気象情報のコーナーだけどさ、今日みたいな気温の日、東京で最高二四度だったけど、難しいよね」

小顔をうなずかせるエムラがいくら落ちつきを取り繕おうとしても、そこには幼さがほの見える。今春に大学を卒業したばかりの若い女を、たった三ヶ月の研修期間を置いただけで即戦力として世に送り出す上の連中の神経がどうかしているとカトウは思う。一三年前の自分の頃はみっちり一年間研修という名の身体技法訓練の日々で、翌年の代ではその期間に適性なしと判断され一行もニュース原稿を読むことなく他部署へ異動となる者もいた。アナウンス部の現在の通常研修期間である半年間でも短いというのに、三ヶ月間とはさらにその半分だ。近年でも彼女に限ってのこととはいえ、職能に関係なく少しでも早くテレビの世界に戦力として投入し、若い女性タレントを起用する費用を削減させるためだろう。それほど女性アナウンサーに求められているものは多い。初任給で、会社員とタレントのボーダーライン上を行き来させられる。ロシア系クォーターで派手な顔立ちのエムラ本人は報道志望らしいが、今後どう転ぶかはわからない。この後、「イヴニング・キャスト」の生放送中にも彼女は天気予報の原稿を読む。

「八月下旬の東京で最高気温二四度。どういうふうに原稿を読んだか、自分で覚えてる？」

「はい。連日と比べ急に下がった、というようなニュアンスで読んだと思います」

「たしかにそうだった。東京を基準にしたらそれで正解なんだけど、全国ネットということを考えると、もっとニュートラルでいい。同じ天気、同じ気温だったとしても、那覇にいる人と釧路《くしろ》にいる人とでは受け取り方が違ってくるから。全国の天気図が画面に表示されるとはいえ、原稿を読む人は一人なんだし。誰にも肩入れしない、中道を心がけて」

入社当時自分が先輩から受けていた精神論混じりの厳しい教えより、下に対する自分のそれが手ぬるいものだという自覚はカトウにもある。しかし局の人気アナウンサー相手に厳しく接した末、辞められても困る。立ちながらの指導を一〇分弱で終えると階下のアナウンス室へ戻るらしきエムラとは別に、カトウは情報制作局と同フロアに島を持つ報道局スタッフの輪に加わった。喫煙所がこのフロアからなくなってから移動を面倒くさがる喫煙者たちの喫煙頻度も減り、彼らの身に染みついていた煙草の臭《にお》いもだいぶ軽くなっている。南乃花が息を吸う自宅に悪臭の源を持ち帰りたくないカトウにとりそれは好都合であった。ワイドショー出演者の一人であるゲイのイラストレーターが輪の中に混じっており、自分を気まぐれに支持する一般視聴者層が嫌いだと話していた。男と女のボーダーライン上に居るぶん責任の所在が曖昧でテレビの中では人々の代弁者としてどんな辛口でも許されるが、性や結婚制度に関してリアルに話すことは許されない。カトウもうなずいた。長時間テレビに映されることで、法整備の遅れから人権を制限されたままの人々の存在も、恐喝疑惑のある元政治家も、画面の中ではチャーミングになる。やがて次の現場へ向かうというイラストレーターは去って行った。

「カトウ、柑橘系《かんきつけい》の匂いがすごいぞ?」

同期入社で報道局社会部記者のクツワダによる茶化しをカトウは鼻であしらった。クツワダが大仰に言うほど新人エムラのつけているフレグランスの香りは強いものではない。

「月曜は朝から宮内庁《くないちょう》へ出られるか?」

政治部の取材対象が週明け月曜は多岐にわたることが現時点で判明している。アナウンサーという職種であっても、仕事内容の振り幅は大きい。週に五日間テレビに出ずっぱりの人間もいれば裏方の仕事ばかりという人間もいる。約二〇〇〇人の志望学生の中からアナウンス職の内定を勝ち取り入社後一三年を経たカトウは、報道局の連中ともウマが合う。

「ああ。日曜のBSの実況も、帰りは遅くならないと思うし」

かつて二年間在籍していた報道局政治部から編成局アナウンス部へ戻り一年経つが、報道局の面々は未だにあの頃と同じように接してくる。官公庁発表をただ聞いてくるだけの仕事など軽いもので、事件取材のような重い仕事を頻繁には頼んでこないのがせめてもの配慮か。

「すまないね、カトウ君。また君に頼ってしまって」

政治部宮内庁担当から報道局ニュース部長へと昇進して間もないノムラの言葉に、カトウは首を横に振った。

「いいえ。アナの裏方も取材記者も、仕事は同じですよ」

「たしかに、カトウ君の作る原稿は最高だ。でも、アナウンス技術はもっと素晴らしいよ、あなた」

何度も耳にしたはずの世辞にクツワダが苦笑し、カトウも曖昧に頷く。一〇歳ほど年上のノムラと一緒に仕事をするようになった数年前から、カトウはずっと買われていた。もっともノムラ本人に言わせると、入社直後からカトウには一目置いていたらしかった。

「個性を消して、声だけ残せるアナは貴重ですからね。カトウ君が声を発しても、言葉のもつ情報がそのまま伝わるだけ。うん、貴重な没個性だ」

「ノムラさん、そりゃ、カトウは合成顔ですから」

クツワダの言葉にノムラは目尻と口角を横に伸ばすだけで反応した。数年前、局で制作したあるバラエティ番組内で関東近郊のホワイトカラー男性五〇〇人の顔を合成させたところ、それがカトウそっくりだと局内で話題になった。しかし番組の出演者や観覧に来ていた客たちでそのことに気づいた様子の者はおらず、オンエアー後も視聴者からそれを指摘されるということはなかった。多人数の顔を合成するとそれぞれのパーツがならされ、欠点を引き算する結果、それなりに整った顔になるという。だが印象には残りにくい。

「今日はもう帰りか？　南乃花ちゃんにぞっこんのパパは」

クツワダに対しカトウは首を横に振った。

「今日はこれから、アナスクの指導が入っている」

局で直に運営しているアナウンススクールの一八時〇〇分〜二〇時〇〇分の回の授業を今日、カトウは講師として受け持つことになっていた。

「青田買い教室か。すぐフリーにならなそうな美人を、ちゃんと捕まえてくれよ。その見極めが難しいんだろうけど」

「エムラと同じで安定志向の世代だ。フリーになった連中が今どれだけ苦労しているか、情報にだけは肥えてる」

「例外もあるだろう、ウオガシみたいに。まあ、役職に就くほうがパパとしては安泰か」

長女南乃花が生まれたことをウオガシ本人へは直接伝えていなかったことにカトウは今さらながら気づいた。局発信の情報を通して伝えたこととプライベートで伝えた情報が混ざり合ってしまうことが、昔より多くなってきていた。

「決まったわけじゃない」

「確定事項だろう、労組であんな真面目《まじめ》に活動を引き受けてたんだ、ニシノさんと同じ、取り込まれて懐柔される、間違いない」

「そうなるとしても、俺のとる態度はこれまでと変わらないよ」

経営側ではなく社員の側に立ち続ける。あと二〇余年ほど勤めるであろう自分のためだけではなく、直接的な利害関係があるわけでもないこれからの世代のことをカトウが考えるようになったのも、南乃花が生まれてからのここ一年足らずに起こった変化であった。

「今日の講師は、カトウ・アキトアナウンサーです。それではまた後ほど」

かつての自分の教育担当であり、五〇代以降はほとんどニュースを読むこともないまま他部署よりいささか高給なアナウンス室に居座り続け三年前に局を定年退職後、今は嘱託社員としてアナウンススクールのスーパーバイザーとして出入りしているオカノ・ムネオと入れ替わりに、カトウは可動パーテーションで区切られた一三階の部屋に入った。ホワイトボードのある前方を向くように並べられた長机に一三人の学生が座っている。

「起立、礼……お願いします、着席。さきほどオカノさんからご紹介にあずかりました、カトウ・アキトです。普段は裏方の仕事がメインで、たまに実況の仕事をテレビやラジオで担当します。あまり表に出ないのでご存じじゃない人も多いかとは思いますが、二クール目、三クール目を受講されている学生さんの中には、私と接するのが数回目になる人もいるかもしれませんね。今クールからの人には、初めまして」

全員が会釈をしながら「よろしくお願いします」と声に出す。こんなにも小気味よく挨拶に応じる若い日本人の集団をカトウは他に知らず、いささか不気味にすら思えた。

「全一二回のうち六回目にあたる今日は、原稿読みにおける様々な表現方法、内容に合った読み方を学んでもらいます。原稿読みは第四回目の授業でも……」

白スーツに派手な顔立ちの女子学生がカトウの真正面に陣取っている。彼女は大きな瞳をずっとカトウに向けながら、文節の切れ目ごとにいちいち大げさにうなずく。大なり小なり、他の学生も同じような反応であった。無理もない。アナウンサー職の内定を得ることを目的としたスクールを、当のテレビキー局が運営しているのだ。二〇歳そこそこでもその構図のおかしさに違和感を覚え途中で辞める者たちもいると聞いていた。各キー局アナウンサー職の選考が始まる一〇月を前にしてここに残っている学生たちは、本気組だ。テレビ局が開講しているスクールに身を置くのが、テレビ局へ入社するには最良だと信じている者たちだ。しかしながら入校後に書かされるアンケートで、〝尊敬するアナウンサーは？〟との質問に四割近くもの学生がもうこの局員でもないウオガシの名を書き記している。素直なのか馬鹿なのかカトウにはわからなかった。名簿を手にしながら男女混合で五十音順に学生たちの出席をとる。

「岸由香里さん」

白スーツの女子学生の返事とともに、カトウは彼女のことを思い出した。二、三回は教えたことがある。とすると三ヶ月一クールの講座を四クール、丸々一年間受け続けたということだろうか。四クールは長い。しかし二～三クールであれば珍しくはなく、今ここにいる学生たちで一クール目というのは逆に少ないはずだ。岸以外にも三分の一ほどにはなんとなく見覚えがあった。点呼後すぐに基礎の発声練習を始める。公用語の正しい発音や発声といった身体技法を学ぶ機会を与えられない国で、受講生たちは出生後二〇余年にして初めてそれを学ぶ。アナウンサー選考を受ける者たちにとり基礎練習は欠かせなかった。今日の本題へと移り、課題ニュース原稿を順に一人ずつ読ませてはカトウが批評を加えていった。

「佐山君は滑舌もいいし、テンポも落ち着いていました。ただ、なにがニュースの肝であるのかを把握し、どう伝えるべきか、そこに技術を注がないといけません。車の衝突事故を伝えるこのニュースは、小学生の通学路で起きていたり、コンビニが破壊されたりしていますが、最も重要なのは、どこだと思いますか？」

「わかりません」

「この場合、事故にあった〝五人全員、意識はあるということです〟の部分になります。視聴者が最も気になるのはそこです。死亡事故であるのか、負傷で済んだのかというだけで、このニュース全体のニュアンスは変わってきます」

カトウの言葉を、佐山本人はもちろん他の全員もノートに黙々と筆記している。書きながらもカトウへ目を合わせようとしている岸由香里の所作は一人だけ奇妙であった。媚《こ》びを売ってどうにかなるとでも思っているらしき若い女の自意識には嫌気がさすが、報道局の記者としてであれば向いているかもしれないと思いもする。整った容姿の女が形としての誠意を見せるだけでも、ある種の取材対象者たちは口を開く。かといってテレビに映れば反感を買うタイプに岸は属しているとカトウは十数年の職歴から感じていた。いくら具体的にアドバイスし本人が修正を心がけたところで変えられない、その人物の基盤のようなものがそれぞれにはある。ただ基盤自体を変えられると思っている学生は実に多い。

「それでは次、武内《たけうち》愛子さん。トルコ桔梗《ききよう》の原稿を読んでください」

姿勢を正した武内にも、カトウは見覚えがあった。スクールでの具体的な記憶は甦らないが、彼女の顔を認識する受容体が以前に形作られているというような馴染《なじ》んだ感覚があった。

「千葉県館山市では、初夏の訪れを告げる花、トルコ桔梗の出荷が……」

原稿を読む声に、カトウは身体の芯《しん》をなでられたような気がした。

「トルコ桔梗はリンドウ科ユーストマ属の花で、紫やピンクなど多彩な……」

原稿へ向けていた目を、武内愛子へ向ける。見覚えのある顔、聞き覚えのある声。印象に残りやすい容姿や声をしている学生は何人もいるが、彼女に関しての記憶はそういう類とは違う。毛先を首の内側へカールさせるでもなくストレートに下ろした黒髪になぞられ露《あら》わとなっている頭蓋《ずがい》の形、目と眉《まゆ》の間の狭さ、机の下にのぞく小ぶりな膝頭……メークで変えることのできないそれらの部分に、見覚えがある。この教室で、ではない。六本木の喫茶店の前で見た姿と、ホテルのルーム内で見た黒いエナメルで覆われた姿と、一致している。ヒールで背中を踏まれ、バラ鞭で打たれる痛みがリアルに感じられ、思わず左手で背中をさする。カトウの中で、身体の記憶が甦っていた。

SMクラブの女王様、か？

その可能性を否定しようとし、数秒にも満たない沈黙で何人かの学生が顔を上げだしたところで、カトウはようやく武内が原稿を読み終えたことに気づき批評を始めた。

「鼻濁音の〈ぱ〉が頻出する原稿でしたが、その部分の処理は完璧《かんぺき》でした。この手の軽いニュースは社会や政治ニュースの後に読まれるケースが多いので、全体的なトーンも明るい声色がいいのですが、ちゃんと意識できていましたね。ただ、具体的なデータを読む箇所に関して……」

ろくに考えがまとまらないながらもカトウの口からは指導マニュアルや過去の体験から引用したそれらしい批評が半ば自動的に出ていて、職務を遂行できた。愛子はうなずきながらノートに筆記している。

マナ女王様に、武内愛子。「愛」という字の訓読みは、マナ――。

冗談、だろう？

「気になったのはそれくらいですね。武内さん、何か質問はありますか？」

六本木のホテルでSMプレイを行ったのは、一〇日ほど前の〝サトウ〟だ。時折向けてくる視線が、講師カトウと奴隷サトウのどちらへ向けられているものなのかわからない。アイシャドウやチークの濃さが際立《きわだ》っていたあのメークとはかけ離れたナチュラルメークの生む差が、二人が別人かもしれないという可能性を気持ちばかり残していた。

「ありません。ありがとうございます」

愛子は軽い会釈の後、カトウへまっすぐ目を向けた。そして逸《そ》らそうとしない。

牽制《けんせい》か？　気づいたときにはカトウの方が目を逸らしてしまっており、名簿を見て次の学生の名前を呼んだ。

3

訴訟が起こされてから三〇年越しにようやく国の敗訴が確定的になった食品公害問題に関しての草稿を手にしたカトウは、「イヴニング・キャスト」オンエアー二時間半前の会議に数分遅れで参加したが、あまり時間を割り当てられないと結論を出された。

「今日は運が悪いよ、カトウ。アイドルも解散宣言するし」

社会部記者のクツワダになだめられてもカトウは頷けなかった。報道は局の金食い虫であり人員と資金投入に見合った視聴率は稼げない。求められているのは低コストで稼げる無害な情報であった。女性アイドルグループが解散を発表しファンが事務所前に五〇〇人集結したという芸能ニュースも、「五〇〇人集結」という切り口から〝社会現象〟として取り扱うことができる。今日の目玉はそれで決定。他は既にパッケージとしてまとめられている万引きGメン密着特集に夏を乗り切る下町喫茶店特集の映像が用意済みでそれは外せないとディレクターからも断言された。そんなにアイドルと喫茶店が大事か、カトウが反論しても、同い年であるディレクターとクツワダは苦笑するだけで黙殺を決め込んだ。その後自分が存在していないかのように進み出した会議で、カトウはほぼ沈黙を通した。女性アイドルグループ解散のニュースも、どうせすぐ忘れられる。ファンに対し事実上強姦致傷ともいえる「ワイセツナコウイ」をした男性アイドルグループの事件も、所属事務所の強大な力によりテレビ局全局と大手出版社では報道されなくなった。ネット上では未だ〝マスゴミ〟叩きの素材としても盛んに取りあげられているようであったがわざわざ検索をかけないと確認できない〝炎上〟など、もはや鎮火した過去の話に過ぎなかった。憤りながら原稿を書いた当人のカトウでさえ、男性アイドルグループへの怒りなど今の今まで思い出しはしなかったし数分後にはまた忘れているだろうと思った。オンエアーが始まってすぐの午後五時過ぎ、カトウは二階報道局のモニターが見える位置に腰をおろし、妻手作りの弁当を食べはじめた。役職に就けば残業代がつかなくなり年俸は減る。女王様を買う金を捻出《ねんしゅつ》するため昼飯代を浮かすという必要性に駆られてもいて、千円強の昼食を控えるだけで週五日間で七〇〇〇円は浮かせられた。食品公害問題のニュースに三〇秒の枠しか与えられなかったことからも、よほど大きな速報でもない限りオンエアー中の原稿執筆依頼も入らない。「イヴニング・キャスト」のために、世界中で一日に起こるあらゆる出来事が取捨選択され一二〇分の枠組みの中に圧縮される。パックされた情報には優先順位があり、三〇年以上に渡り虐《しいた》げられてきた食品公害病患者原告団に対しついに国が敗訴したというニュースより、女性アイドルグループの解散や下町の喫茶店や万引きGメンに重きが置かれた。

〈私は首都を日本から独立させて、かの国とは戦争を始めたっていいと思っている〉

愛妻弁当を食べ終え漫然と見ていた喫茶店特集あけに、就任以来毎度過激な発言を披露している都知事の会見の模様が伝えられた。主語を省き意味を曖昧にし〝伝えない〟技を見せ合う政治家文法からかけ離れた都知事独特の話法に、カトウは言葉を用いる職業人として惹《ひ》きつけられた。かつて一言フレーズの連呼で民衆の心を摑《つか》んだ者もいたが、歯切れ良い一言で明確に何かを言っているように聞こえはするが前後の文脈がまるでない時点でどうとでも解釈が可能で、従来の政治家言葉と本質的に何も変わらなかった。都知事の言葉は明確なうえはっきりとした前後の文脈があり、発言の内容は正確に受け手へ伝えられる。カトウ自身、都知事の政治思想や政策はともかく、その言葉選びや表情づかいの巧みさに、強者へのノスタルジーを禁じ得なかった。言葉に隷属したい。すべての言語は論理的に成り立っていて、日本語の文が曖昧になる傾向にあるのは使い手が曖昧に使うからというだけのことだ。曖昧や不明瞭を嫌う一方、明瞭なものを目指して戦うことは嫌う。戦うことを拒否するのが優先事項であり、不明瞭で曖昧な言葉を用いるのは政治家から子供や主婦まであらゆる階層の国民が皆同じだ。

口先だけで自分が何者であるかを規定したりネットで検索しても意味はなく、不明瞭な自分は他者との関わりの中で浮き彫りにされなければならない。未だ「不明」「ノーマル」に近いところにいる己の不明瞭さがカトウには気持ち悪かった。自分は一体、どこまでいけるのだろうか。先日スクールで講師を務めてから四日間、そのことばかり考えていた。マナ女王様に、就活生武内愛子。スクール入学時の履歴書にカトウは授業後すぐ目を通していた。証明写真に写っていた、後ろに髪を結んだ大学二年時のリクルートスーツ姿。先日教室で見た、黒髪を下ろした化粧気のあまりない武内愛子の血色の良い顔は、黒いキャットスーツとの対比で余計に白さの際立つマナ女王様の化粧の濃い顔とは雰囲気にかなりの差があるものの、同じ顔ということに間違いはなかった。しかしどういうわけか、同じ顔だという感触はあるが二人の顔自体をそれぞれ鮮明に記憶しているわけではなく、思い出そうとするとどちらも顔見知りの美人数人と似ておりうっすらとしたモザイクがかけられていた。目白にある私立大学の政治経済学部に在学中の武内は福島の県立高校軟式テニス部時代にはダブルスで県ベスト六位にまで勝ち進んだ経験をもち、アンケートへの回答によれば尊敬するアナウンサーとしてウオガシを挙げ、三クール目の今期は木曜の夜クラスを受講している。SMクラブのホームページでシフトを確認したところその時間帯にはいつもマナ女王様は出勤していなかった。

受付に電話し二回目であることを告げマナ女王様を指名した段階で、どのホテルで待つのかと訊かれた。カトウは前回と同じホテルを指定し、チェックイン後SMクラブ経由で部屋番号を伝えた。午後一〇時直前の今、ホテル八階のシングルルーム内にてパンツ一丁の格好で奴隷のポーズをとっている。ドアガードを隙間に挟んでいるため、ドアは開いている。廊下の方から女性特有の軽い足音がかすかに聞こえてきた時、カトウは咄嗟に奴隷のポーズから土下座へとポーズを変えた。同じ相手を指名しているとはいえ、基本的に一回一回でそれぞれ完結する性風俗サービス業においてこんなところから始めようとするのもおかしいとは自分でも思った。しかし前回調教された流れからすると、こうしなければ逆に不自然であった。カーペットへ徹底的におしつけられた鼻の右側は鬱血《うっけつ》して詰まり、開いたままの左の穴からポリプロピレンの石油臭さが鼻腔《びこう》へ流れ込む。

「失礼します」

開かれたドアの隙間から声が聞こえた。彼女はカトウとサトウが同一人物であることに気づいていないか、気づいていながらキャンセルもせずにやって来たか。それとも、マナ女王様と武内愛子は別人であるという振る舞いを強引に呑ませようとする心づもりか。頭をドアの方へ向けているものの徹底的な土下座中である今、かろうじて後方の窓側は目に入るが前方はまったく見えない。マナ女王様の顔どころか足すら見えない状態で、足音だけはまっすぐにカトウのところまで近づいてきていた。世間話もなしに一人で始めていたのは、完全に失敗だったか。カトウが焦《あせ》りを感じたところでマナ女王様が声を発した。

「あなた何してるの？　というか、どなた？」

まさか覚えられていないのか。

「サト……ポチです、前回マナ女王様から教わった土下座のポーズで、お待ちしておりました」

「ポチ？　覚えがないね。一度遊んでもらったくらいで名前覚えられると思った？　傲慢《ごうまん》よあなた」

奴隷の正体に気づいていて、自身の正体も気づかれているということに気づいていながら、しれっと役に入ってしまえているのか。あるいは、サトウがカトウであることに警戒し距離をとったか。マナ女王様はカトウの死角で着替え始めたらしかった。バスルームだった前回と違う。土下座の体勢でいる奴隷から見られる心配がないとはいえ、信頼してくれているということにカトウは喜びを覚えた。服の生地が擦《こす》れる音を聴いているだけでカトウの一物は硬度を増した。新調した黒のブリーフが亀頭《きとう》に引っ張られている。自分は今、SMで勃起している。その記憶が何重にも積み重なってゆくことで、身体はますますSMで勃起しやすくなるのだろう。そうしたスキームの獲得自体は珍しいものではなく単にその対象がSMだった、カトウはそう思おうとしたが、鬱血し始めた脳で考えるその思考自体が空虚なのかもしれないと感じた。いきなり背中に固い感触があり、重みが増す。ヒールか。

「今日は何しに来たの、ポチ」

「マナ女王様にいじめてもらいに来ました」

「あ、そう。私はなにもしないよ。自分一人で遊んでな」

空調の効いた部屋に裸でいるのに汗が出てきて仕方がなかった。その不快感が、奴隷サトウの輪郭を補強している。窮屈な姿勢で、カトウは解放されつつあった。

「お願いします」

「あなたのほうからはお願いしちゃいけないのよ、ポチ。そういうのをエゴマゾって言うの。エゴマゾだったら帰りなさい。それが嫌なら、自分で自分を盛り上げなさい、見ていてあげるから」

沈黙の時間が流れ、見かねたのかマナ女王様が背後にまわり、ヒールで腰の中心を踏んだ。腰がわずかにたわんだ自覚があった瞬間、背中へ平手打ちが入った。できていないじゃない、色々な箇所を踏まれわずかでもたわむとお仕置きを受けた。前回みっちり教わったというのに徹底的に床と同化できていないのが恥ずかしかった。身体の周りを時計回りにゆっくりと歩く女王様のヒールから足首までがようやくカトウの狭い視界に入り、今日の衣装もあのエナメルのキャットスーツなのだとわかった。顔はまだ一度も見ていない。

「じゃあ次、奴隷のポーズ」

両手を頭の後ろで組み、両脚を肩幅よりわずかに広げ立て膝の姿勢になったつもりでも、土下座で凝りきった筋肉が微細なコントロールを許さず、いつの間にか取り出されていたバラ鞭でカトウは後から背中を叩かれた。腰を前に突きだし重心を固める。女王様に前へと回り込まれたときカトウがその顔を見ると、腹を蹴られた。

「誰が目を合わせていいって言った」

申し訳ございません、一瞬垣間《かいま》見《み》えたマナ女王様の顔全体が前回よりも白く、目の周りは暗く——つまり化粧が濃かったように感じたがそれもすぐに曖昧となった。躾けられてしまった今では金で買った女王様の顔を自由に見て確認することさえ許されない。

「仰向けになって」

蹴られながらカトウは床に転がり仰向けの姿勢になり、直後に女王様の両脚が視界に入った。言葉で尻と定義しているだけでそのふくらみは脚の一部であるということがエナメルで覆われた長い両脚だとよくわかる。女王様が腰をおろし両脚の付け根にある肉塊が迫ってきて顔を塞《ふさ》がれた。顔面騎乗。歌舞伎町《かぶきちょう》の低価格M性感店で騎乗してきた下手糞《へたくそ》娘の時は顔全体に遠慮なく体重をかけられ口も鼻も塞がれ呼吸が苦しく、鼻柱が折れるかもしれないので身動きがとれなかった。圧迫された視神経は瞼《まぶた》裏の闇に色様々な陽炎《かげろう》を見させ、網膜裂孔、飛蚊症《ひぶんしょう》発症の危険性に脅《おび》えたものだった。マナ女王様による顔面騎乗は重量が繊細にコントロールされ、騎乗する位置も鼻から下部分に限定されている。その部分の骨格は強く、損なわれやすい器官はない。体重コントロールをする側のほうが労力を要するはずで、カトウはその職人技に全幅の信頼を寄せることが出来た。料金の差は技術力の差だ。

「初めてのガンキ、どう？　私のお尻で息できないのは」

ありがとうございます、そう答えたいものの口が塞がれているため、エナメル地を舐めるようにしながら不明瞭な声を出しては叩かれる、を数度繰り返した後、立ち上がった女王様からカトウは股間の膨らみを指摘された。

「さっきからずっと、なんか膨らんでるけど、なんなの？　どういうことか説明して」

腹に唾を吐かれ、その温かな粘液を指で触ろうとすると物凄い反射神経で腕ごとヒールで払われた。

「ポチの得意な状況説明だよ」

言われた途端実況アナウンスを行う時の状態に身体がなりかけたカトウは、サトウである自分への抑制を心がけた。

「勃起してしまっております」

「何が」

「これがです」

カトウが自分の股間を指さすと女王様は吹き出した。破裂音に、女王様ではない別の女性の顔が垣間見えた。

「それ、なんて言うの？」

「おちんちんです」

「違う、陰茎」

正しい名称を教えられた。日本語の指導。普段は使わないような言葉を、あたかもその場で使われるのが当然だというように口にしてしまった。勝手に作った文脈に自分一人だけで迎合したという恥ずかしさに全身が包まれた。

「申し訳ございません、興奮して陰茎が勃起しております」

「いじましいね、最初から全部説明できるはずなのに、馬鹿みたいにわざと小出しに言って怒られたがってるでしょ」

「申し訳ございません、マナ女王様による初調教がどうしても忘れられず、仕事終わりの午後一〇時に、こうして来てしまいました。私自身、勃起している己の陰茎に驚いています。床の上に仰向けで寝かされた状態の私は黒ブリーフ一丁という格好で、その中央が膨らみテントを張っています。原因は不明ですが、勃起している模様です。こちらからは以上です」

「……ほら、やっぱり饒舌《じょうぜつ》じゃない。わざと小出しにしてきたセコい馬鹿犬にはお仕置きしてやらないと」

女王様は右のヒールのつま先をカトウの口の中へ入れた。エナメルと硬質ゴムにかき回され、カトウの口はただの袋になった。袋を陵辱されながら、すえたような独特の匂いを嗅《か》いだ。各省庁の記者クラブのソファー上で寝る際に他の男性記者から嗅ぐ匂いに似ている。マナ女王様の汚物なら進んで受け入れられるが他の奴隷の乾燥した体液を舐め匂いを嗅ぐとなるとわけが違う。しかしそれも込みでのお仕置きなのかもしれず耐えるしかなかった。

「豚、四つん這いになって」

カトウでもサトウでもポチですらなくなった。豚という呼称は他の奴隷、たとえば今し方嗅いだばかりの匂いの男に対して頻繁に用いられているものなのだろうか。この直前まで、ヒールを舐めさせていたのではないか。バラ鞭をベッドの上に置いたマナ女王様は黒いボストンバッグの中から別の何かを取り出した。目の端に見えたそれは黒い一本鞭で、中空での素振りが繰り返され、四つん這いで顔を伏せているカトウにもバラ鞭とはまったく違う太さと硬さが伝わってきた。音で散々脅された後に突然、背中から腰にかけて熱を感じた。遅れてそれが鞭打ちの痛みだと認識できてしまうと、二発目からは激痛として感じた。思わずカトウは喉のあたりで不明瞭な声を漏らした。「ああ」でも「うう」でもない、どの音韻体系にも分類されない呻《うめ》き声、長女南乃花の発する声と同じだった。三六歳でアナウンサー歴一三年の自分がそのような声を出す機会などほとんどなかったことに痛みの中で気づいた。

「恥ずかしい声、もっと出しちゃいなさい」

促された次の一打で大きな声が出た。次もその次も、声が大きくなり音韻が不明瞭になってゆくのに比例してカトウの一物は硬度を高めていった。頭蓋に反響する声で自ら興奮させられる。カトウは泣き声や裏声、遠吠《とおぼ》えを発することで進んで興奮しにいった。

「ポチ、仰向けになりな」

犬のような呼吸をしながら身体を反転させたカトウは、黒い軌跡を見た。腹に一本鞭を振り下ろされ、激痛に身体が丸まった。脚にまた一本鞭が振り下ろされるも、やめてくださいと頼むわけにはいかない。この空間には文脈が形成されていて、自然な流れでやめてもらうための言葉がある。カトウは前回のカウンセリングを思い出した。セーフワードというやつだ。次の一打は再度腹に振り下ろされ、思わず転がりうつ伏せになりかけたところをヒールで蹴り転がされ元の仰向けに戻った。

「愛しています」

右手にグリップ、左手に鞭の先端を持ち次の一打を振り下ろす寸前だったマナ女王様が動きを止め、カトウの目を見下ろした。閉じられていた唇がわずかに縦にゆるみ上前歯が見え視線がカトウの全身上を走ったかと思うと、また唇は閉じられた。別の女性の顔が出かけたように見えた。ともかくセーフワードは機能していた。一本鞭をおろした女王様はつま先で軽くカトウの右足を蹴った。

「全然だめね」

その抑制された顔の表情や身体の所作からは、コンマ数秒だけ見せたさっきの迷いは跡形もなく消えていた。女王様はあくまでも、自分の意思で手加減したかのような態度を崩さない。カトウはいたたまれなさを感じた。どんなに自然なセーフワードを選んだとしても、実際に使ってしまえばせっかく作り上げた虚構と欺瞞《ぎまん》の構図に気づかされてしまう。臨界点に達しない限り使ってはいけないのだ。その後はどんなに不明瞭な言葉を発しても女王様からは手加減されるようになってしまい、もっと大胆に自由を奪ってほしかったが奴隷の分際でそんなことを要求できないカトウの目から涙が流れ出てきた。しかしその涙も厳密には、出そうとして出した涙だった。机、椅子、といった単純な放置プレイをこなしているうち、マナ女王様から投げ遣《や》りに声をかけられた。

「あと一〇分くらいだよ。何したい？」

「自分で気持ちよくなるためのお許しをいただきたいです」

「勝手にすれば。だけどあなた、今日のふるまいを思い出してもまだ、自分で気持ちよくなりたいだなんて言える？」

セーフワードを口にするという堕落に走ったのはたしかだ。鬱血した陰茎を垂らしながらカトウが四つん這いの状態を維持していると、静かだった部屋に衣擦《きぬず》れの音がした。

「時間です。お疲れさまでした」

女の声がした。女王様の格好をした女王様とは別の女がそこにはおり、カトウは虚脱感におそわれた。

「こういう風俗で射精なしだったの、今日が初めてですよ」

「こういう流れもざらです。どう運ぶかわかりませんからね、彼女の試合展開は」

カトウは相手の顔を見た。そこには濃い化粧を施した一人の女性しかいない。顔自体はマナ女王様であり武内愛子でもあるということで間違いはない。鎖骨のあたりで首の内側へとカールさせた髪型はパーマによるものではなく、スタイリング剤をつけコテで巻いたものだろう。そうでなければスクールでのストレートヘアーの説明はつかない。あの場でカトウ講師に教わる武内愛子が、ここでの奴隷サトウからの指名を断らず二度目のプレイにも応じた理由は、何だ。

「彼女?」

「ああ、エイちゃんが自分のことヤザワって呼ぶ感じと同じですよね。自己客体化?」

カトウもロック歌手のエイちゃんが自分のことをヤザワと呼ぶこと自体は知っていたものの、自分の認識を共通のものとして他者に押しつけてくる粗雑さに愕然《がくぜん》とした。

「気球に乗って歌った動画、アップされて盛り上がってましたよね。一斉削除されちゃったけど、もう見れないんですかね、あれ」

ら抜き言葉まで発せられた。マナ女王様でも、武内愛子でもない。この女は、誰だ？

「知らないよ。そうなんだ」

武内愛子さん、そう続けようかとも思ったカトウだったが、プレイ時以外の顔というバリアーを提示されている現況からしてこれ以上攻め入ることは躊躇《ためら》われた。向こうから言われない限り、下手に触れるべきではない。普段着なのか女王様になる前の衣装なのか不明だがとにかくバスルームで洋服に着替えた女性には先に帰ってもらった後、数分経ってからカトウはホテルを出た。直《じか》に会っている時は武内愛子とマナ女王様が同じ顔をしているという確かな実感があっても、別れて一〇分も経たないうちに二人の顔はそれぞれ目と鼻にモザイクがかかったようにぼやけ、そこにはマナ女王様と武内愛子とは別の女もいた。オフにしていた携帯電話の電源をオンにして数秒後、留守電の通知が入った。アナウンス室から三〇分前に電話が入っていた。地下鉄の駅を目指しながら歩いていると、今度は電話着信があった。発信者は「アナウンス室」となっている。今日の宿直を担当する先輩のタダ・ミチシゲからの連絡で、カトウ宛てに今、電話が入ってきているとのことであった。

――ここの番号を知っているし、女子アナじゃなくてカトウ宛てだから、知り合いだろう……今からそちらに繋《つな》ぐぞ？

一体誰だ。面倒事を丸投げしたがるタダは断る暇をカトウに与えず、通話を転送した。

「お電話変わりました、カトウです」

――あんたの正体なんか知っているぞ。彼女に余計な入れ知恵をするな。こっちは、もっと素の顔が見たいんだから自由にやらせろ。ミスコン時代の顔とまったく変わってしまったのはあんたのせいだという理解でよろしいか。

男の、奇妙に艶《つや》のある声はそこで途切れた。

最寄り駅トイレの鏡前で入念に身繕いを確認して帰宅したカトウが廊下とリビングを隔てるドアを開けながら「ただいま」を言うと、振り向いたリカが「おかえり」と返しつつテレビ画面から目を離した。彼女が何を観《み》ているかは、広島弁の独特の音感だけでわかる。結婚前から彼女が持っていた『仁義なき戦い』ＤＶＤシリーズ中のどれかであり、古い映画独特の粗い画の中で眉毛のあるウメミヤ・タツオが登場していることから一作目だと判別できた。この作品では死ぬウメミヤも三作目では眉毛を剃《そ》るというだけのメークでまったく別の役柄として登場した。シリーズを通してキタオオジもマツカタもワタセも何度も死んだり投獄されたりしては別の役として登場した。全作通して初めて見た時、役者と役についてのお約束を受け入れていた当時の観客たちの懐《ふところ》の深さにカトウは感嘆した。組織間勢力争いの話自体も複雑で、現代の、特にテレビ局主導で作る映画ではありえない不親切さに満ちていた。だが内輪向けの暗号だけで構成するという今の排他性と、話の流れを読めない盆暗は無視するという昔の排他性は質が違い、開かれているのは後者であった。

「ご飯食べる？」

「ありがとうございます、いただきます」

台所へと立つリカとすれ違いざま、カトウは漏れ出てしまった〝サトウ〟の言葉に身を堅くした。彼女の背を見返すが、特に何かに気づいた気配もない。浮気をしたわけでもない、しかし自分が何かを隠そうとしていて、それを見抜いているリカもまた素知らぬフリをしているという可能性をカトウは払拭《ふっしょく》できなかった。さきほど電話越しに聞いた顔のない男の声が、未《ま》だ耳に残っている。正体とは一体、何をさしているのだろうか。出てきた煮込みハンバーグの味にカトウは感心した。料理下手だった人間でも料理教室でマニュアルを刷り込まれればそれなりのレベルの料理は作れるようになり、それは味噌汁《みそしる》一つとってもカトウの母親が作る味とは違うし、料理好きな義母が作る味とも違っていた。生徒数全国二四万人の料理教室の味に間違いはなく、それを将来南乃花がリカから母親の味として受け継ぐ可能性もあるのだろう。いつも通り「おいしい」と感想をつぶやくカトウを後目《しりめ》にリカ本人は『仁義なき戦い』の再生を止めHDD録画リストへと切り替えリモコン操作を続けると、耳に覚えのあるオープニングジングルが重なった。

「まだ見てへんかってん」

先週日曜に行われた系列BSチャンネルでの野球中継だ。頭蓋共鳴を介さない自分の声にも一般人と比べ格段に慣れているというものの、カトウにはそれが不気味なほど自分とよく似た声というふうにしか聞こえなかった。他人の声ではないが自分の声だということにも素直に頷けない、曖昧な声だ。自他の境界を侵してきそうな声に対しカトウの全身はいやおうなく防衛反応を示し、料理の味もあまり感じられなくなった。放送席に座る自分の姿が映ったとき、咀嚼物《そしゃくぶつ》を嚥下《えんか》したカトウは言った。

「やめてくれよ、俺がここにいる時には」

微笑しながら一瞥しただけのリカにとっては録画された実況アナウンサーの声も自宅で夕飯を食べている夫の声も同じらしかった。画面に映っている光景とカトウがあの日肉眼で目にしていた光景は当然のことながら異なっており、自分の視線と声を偽る誰かの追体験をさせられているような居心地の悪さを覚えながらカトウは味のしない夕飯を黙々と食べた。この家の中では夫であり父である自分が、実況アナウンサーという他者に邪魔されている。カトウがそう感じたとき、目と鼻をモザイクに覆われた女の顔が脳裏に浮かんだ。

4

男性三三人、女性二五人で構成されるアナウンス部において平均的には二ヶ月に一度のペースで宿直をまかされる。労務部による監視は厳しく週五で出ずっぱりの人気アナウンサーなどは労基法に抵触してしまう可能性も出てくることから、宿直に関しては裏方メインの者が代わりに充《あ》てられることが多い。カトウには大体一ヶ月に一度のペースで当番がまわってくる。午前一時半近い今、その最中だった。午後八時に出社し、アナウンス室か仮眠室で朝の報道アナウンサーと交代するまで待機する。緊急のニュースでも入らない限りあと三時間弱のうちにカメラの前でニュースを読むことはなく、静かな空間で一人諸々《もろもろ》の雑務をこなしていた。

お疲れさまです、社屋一五階にあるラジオ局での仕事を終えたというソウヤ・ユキコがアナウンス室へ入ってきた。カトウが挨拶を返すも反応は鈍い。午後一〇時から午前〇時までのニュース解説番組の水曜を春から担当しているはずで、この時間に解放とは反省会がよほど長引いたか。ただ、純粋に疲れたというだけで、精神的に参っているというようにはまったく見えない。写真週刊誌やネット上で学生時代のアダルトビデオ出演疑惑が騒がれている渦中の彼女は、カメラに切り取られた世界の中でも先輩社員と一対一のアナウンス室でも平然としていた。噂の記事と写真はカトウも目にしていた。不倫報道をされただけで人目もはばからずに泣き数々の番組を降板させられた入社三年目のタチバナ・シズエとはまったく違う。騒がれ出してから一週間以上経過しても、入社六年目のソウヤはただの一本の番組も降板にはならず、視聴者からの苦情も入っていない。入社二年目頃からバラエティー番組や私生活でもわざとらしいほどスキャンダラスに振る舞い男性視聴者たちからの人気を獲得していた彼女が、どういうわけか再びアナウンサーとしての堅実な役割に徹し始めた矢先の流出記事であった。ビデオのキャプチャー写真でAV女優の顔は鮮明に写されており、顎下《あごした》と左のこめかみにあるホクロまで完全に一致していた。結局のところ本人が否定どころかそのことを認知すらしていないという態度でアナウンサーの役割に徹し続ける限り、AV女優とソウヤ・ユキコは別人物として扱われるようであった。顔ですら個人特定のためのキーにはなりえないというのであれば、もう指紋やDNA鑑定といった科学技術抜きでは個人を個人として認証することはできなくなっているのかもしれなかった。

「どうだった、今日の放送は?」

「ことあるごとにシマジさんが映画の宣伝話に繋げるので、軌道修正が大変でしたよ」

ソウヤはラジオの仕事をやりたがってはいなかった。テレビでは問題なく原稿を読める者でもラジオだと粗が露見したりするが、ソウヤは単に顔を晒さない地味な仕事を嫌がっているようであった。彼女は帰り支度をしてアナウンス室を去った。あと三時間弱でカトウも帰宅できる。明日は午後五時に出社だった。雑務を切り上げ一八階の仮眠室へと移動した。今夜の使用率は二割弱か。受付で手続きをとり、出入口から離れた上段のベッドへと身体をすべりこませる。眠気はあまりないが、交代まではここで過ごす。スラックスにポロシャツという格好でベルトだけ外し横になった。今年の検診でもなんら異常を認められなかったカトウの、三六年生きてきた男の肉体は、局の運営を支える歯車の一部として組み込まれている。アナウンサーであり父、夫、息子、誰かの友人でもある肉体を、自分一人の都合で勝手に患わせることも傷つけることも許されない。この身体の管理者権限はどこにあるのだろうかとカトウは思った。一三年前の自分にアナウンサーとしての身体技法を叩き込んでくれたオカノ・ムネオの顔が浮かぶ。新人指導という役割を上から命ぜられたに過ぎないともいえ、事実、オカノが定年を迎える七、八年前の時点で確実に自分のアナウンス能力の方が上回っていたとカトウは自負している。現場からほとんど離れ、世渡りの術《すべ》だけでアナウンス室に居座り続けた彼は、少なくとも今はこの肉体の管理者権限を保持していないとカトウは思った。自分が、自分の身体の管理者になりたい。周囲からの視線がない空間でカトウは土下座の体勢になった。徹底的な地面との同化を志向し、己の皮膚という皮膚を地球の中心へ向けて押しつける。踏まれた際、全身は微動だにしてはいけない。先人たちにより導き出された型と同化するように己の肉体の細部を意識し、型に近づくほどにおのずと中身が形成される。部活動で剣道をやっていた中学・高校時代以来の感覚かもしれなかった。次に膝立ちの奴隷のポーズになる。形だけ真似《まね》ていたプレイも、二回目には条件反射で勃起するようになり、自主練習に励む今では内面まで形成されてきていた。しかるべき人に型をチェックしてもらいたい。前回から一〇日経ち、カトウは次のプレイを切望していた。ネットで調べる限り、自分のやりたいプレイを細かく伝えたり女王様の衣装を指定する、ストーリープレイのための原稿を作り渡すなどというのがSMを効率よく楽しむための心がけらしかったが、カトウはそれらに反発を覚えた。何かを要望してしまえば、プレイ中にも〝要望した自分〟という影を意識してしまう。要望があるならば、作意を何重にも隠しながら伝えなければならない。セーフワードであっても同じだった。

午前五時半に局の正面玄関を後にし、地下鉄の駅まで歩く。カトウは国産中級セダン車を所有しており綾瀬からであれば車通勤をしてもかまわない距離であったが、自宅と職場が地下鉄の闇で分断される感覚が大事だった。局の敷地内、一般客用特設ブースの陰に隠れるように立っていた中年男に気づき、通り過ぎて数秒後に後ろを振り返った。地味な服装の中年男は正面玄関のほうへと顔を向け続けていた。世に存在するアナウンサーマニア連中は若い女性アナウンサーだけでなく男性アナウンサーたちのシフトやプライベートまでをも調べつくす。人づてに聞いた限りでは、裏方メインでしかないカトウの情報も出回っており、新人エムラの指導担当であること、綾瀬の分譲マンションに住んでいることなど、誤情報に紛れ本当の情報もかなり流出していた。局ホームページに載っている各アナウンサーの担当と番組表とを照らし合わせればおおよその勤務日も予想できるだろう。地下鉄駅入り口の階段を下る直前、再度後ろを振り返ったがそれらしき人物の気配はなく、思い過ごしなのかもしれなかった。名もない人物から局に電話がかかってくるくらい、珍しいことでもない。電波に乗せ数百万人に向けて発信する仕事に関わっていれば誰かしらの理解し難い地雷は踏んでしまう。空《す》いている千代田線の車両内でカトウは席に座った。左隣に座る若いビジネスマンが膝上で操作しているスマートフォンの画面がカトウの目に入る。地下鉄の電波も改善され繋がらないエリアはわずかしかなく、大手検索サイトのトップニュース項目から任意のニュースをタップしては一記事あたり一〇秒ほどでチェックしていく。若手俳優と人気女優の熱愛報道とシリア空爆と大物演歌歌手の離婚裁判といじめ自殺問題と領土問題と、トップに並んでいた項目すべてをチェックした男は次に別のサイトへアクセスし同じように項目をチェックしていった。芸能も政治も選別せずにすべて読むという態度は、情報収集ではなくコンテンツのチェック行為そのものに主眼がおかれていることを明らかにしていた。知りたいのではなく満たしたい。脳を満たす情報はどんな屑《くず》情報でもかまわない。北千住を過ぎ電車が徐々に地上へと傾斜を上り始めたところでカトウは進行方向左側の窓際に立った。声を出さない実況中継練習を始めるが、遠方に見える家屋の屋根や晴れた空や鳥を見ても思うように言葉がわいてはこず、口の動きもぎこちないと感じた。発声器官の繊細さからすればどこかに微細な綻《ほころ》びが出ているのかもしれないが、そもそも声を出してはいない。無声の実況練習がうまくできないことなどなかったためカトウにはその原因がわからないし、逆に今までどうしてずっとできていたのかもわからなかった。電車がゆるいカーブに入って光の反射角が変わり、窓の外にカトウと同じ背丈の男のシルエットが映った。透明な男と目を合わせることはできず、相手の顎の下に視線を留めているうちに綾瀬駅へ着いた。

マンションへ帰り着く直前、向かいのマンションの前に停まっている二台のパトカーにカトウは気づいた。二人しかいない野次馬と警察官数人の態度から、任務が完了し撤収する直前だとわかる。五階の部屋に帰るとリカは起きており、寝間着姿のまま折りたたみテーブルの前に座り、彼女専用の白いノートパソコンを操作していた。

「パトカー停まってるけど、なにかあったの？」

「それを今、調べてんねん」

食い違いが生じているのかとカトウは思った。

「なんでパトカーが来たんか、朝泣きした南乃花におっぱいあげて寝ようとしたらサイレンが近づいてきて、ベランダからしばらく見ててんけどなんもわからへんかった」

一五インチの光沢ディスプレイへカトウも顔を近づけてみると、ウェブブラウザ上のサーチバーに「綾瀬　パトカー　今日」と入力されていた。

「二〇分くらい調べてんねんけど、なんにも出てけえへんねん」

「下で警官か野次馬に訊けば済む話じゃないの」

カトウの一言に一瞬指を止めたリカは、鞄を置き洗面所へと向かおうとする夫に険のある声で返事をした。

「なにゆうてんの、私は効率的に知ろうとしてんねん」

南乃花は寝室で寝ているのだから、エレベーターで下へ降り話を聞いて戻ってくるまで五分足らずで済む。目の前で起きている出来事も生で消化することはできず、文字のニュースという流動食しか受け付けなくなっている。気分を害したらしく口を利《き》かないリカをよそにシャワーを浴びると寝室へ行きベビーベッドの中で微動だにしない南乃花のかたわらで横になった。共用廊下に面した北向きの小窓の磨《す》り硝子《ガラス》に連続して人影が過《よ》ぎり、暗い室内に浮かぶ薄ぼんやりした影が寝不足のカトウにはやけに不気味に感じられた。

アナウンススクールの講師を積極的に引き受けたいというカトウからの申し出は、運営スタッフたちから喜ばれた。現役アナウンサーたちが講師を務めるのがウリだが労務部による監視下、人員不足のアナウンス室から人を引っ張ってくるのは大変だという。青田買い目的だけでなく収益を上げる事業として再編に力を入れている最中であり、他局のように年八〇〇〇万の収益を上げるのが目標だ。不況の時代でも夢商売は強い。関西系最大手お笑い事務所に入るためには第一期分四〇万円の授業料がかかる養成所に入るルートしか今はなく、その生徒数は三〇〇〇人だという。規模では負けるものの夢を食い物にするという点で変わらず、今年度は料金体系も細分化し、二年前と比べ三倍の短期講座が開設された。多チャンネル化の影響で必要なアナウンサーの数は昔より増えているが、局アナはあまり退職しなくなり、各キー局の採用数はカトウが採用試験を受けた頃と変わらない。入社一〇年以内に寿《ことぶき》退社する率を考慮し女が二人に男が一人というのはおおむねどこも同じだ。一三時半から始まる昼クラス、一八時からの夜クラスのうち、夜クラスを担当——それも木曜を指定したカトウは宿直明けの晩また出社し、学生たちの待つ一三階へ向かった。他スクールと違いキー局本社屋の中に入れる点は学生たちからの評判がいい。受講生は一階ホールに集合し、受講票を出し引率者からワンデーパスをもらい上まで連れられてくる。アナウンス能力を失って久しいスーパーバイザー、オカノと入れ替わりにカトウは教室へ入った。

最前列真ん中の席に、白ジャケットを着た派手な容姿の女子学生がおり、びっくりしたように開いた目でカトウを見つめてくる。熱意を示しているつもりなのは前回と同じか。鷲鼻《わしばな》に大きな目と分厚い唇の彼女はアイドル的に売り出すならイケるだろうが、一般的なニュース番組には不向きだ。タレントと会社員のボーダーライン上を行き来できない。華があればいいというわけではなく、バランスが大事だった。前から三番目、中央列の席に座る女子学生の顔に目の焦点が半ば自動的に合わさった。マナ女王様の顔をまともに拝見できたのは初回プレイ時の前半だけであった。グレーのスーツを身に纏《まと》っている武内愛子は黒髪を今回は後で一本に結わえてある。よくここまで堂々と振る舞えるものだ。しかしそれはむこうからしても同じだろうとカトウは思った。点呼をとりながらカトウは部屋をロの字型に歩き回り、武内愛子の脚を斜め後ろから見た。踵《かかと》の低いパンプスの上から膝の位置まで形のいい脚がのぞき見える。露出具合はキャットスーツのマナ女王様以上だ。単純に身体を目で愛《め》でるならSMよりこの教室のほうが目的に適う。武内愛子さん、横を通りながらカトウは名前を呼び、他身体の右側至近距離からの返事を聞く。完全にマナ女王様と同じ声でありながら、他の誰かにも似ているような、個性のない声だ。一人が先行し後から全員で復唱する発声練習の折、「ハヒフヘホ」を担当した武内愛子はちゃんと息が最後まで続いた。必要以上に息が漏れやすい「ハ」行を声量、ペースともに均等なまま言い切るのは初心者には難しく、スクール以外の場でも何かしら声を出す訓練を受けてきた証《あかし》だとカトウは思った。一クール一三万円も費用がかかるのにもかかわらずスクール外で自主練習をこなしてくる学生はかなり少数で、日常的に声を出すことの効果を軽んずる傾向にあるらしいが、武内愛子は内輪でない他者へ向かい意識的に声を出す機会をもっている。

母音を五音韻へと正確に分けられない限り、この国の公的な標準語を会得《えとく》することはできない。「ア」は「ア」で、「イ」は「イ」でしかなく中間の音韻はないという原則に従わせる。履歴書に目を通し、学生たち一三人中関東圏出身者は五名だけであることをカトウは把握していた。そしてお題を出しての三〇秒間フリートークの訓練になってから、関東圏出身者たちからもそれぞれ独特の訛りや癖を聞き取った。標準語の会得に努めなければならないという点で一三人は全員同じだ。標準語から外れる度、指摘されフィードバックするという反復の世界に学生たちは皆素直に身を投じていた。東京で生まれ育ったカトウは一四年前の就職活動当時、なんの訓練も受けずにアナウンス職の内定を得て、入社後の研修で初めてその訓練を受けた。父が北海道、母が静岡の出身であったが、東京で暮らしどちらの訛りの影響も一切受けていなかったものの、北海道のものでも静岡のものでもないわずかな訛りを時折指摘され、オカノから徹底的に正しい標準語を叩き込まれた。それ以来一三年間、NHKアクセント辞典は欠かせないものとなっている。逆に言えば、訛りに無自覚でろくなフリートークもできなかった状態でも、アナウンス職の内定をとれた。

「……大堀君、間違った日本語は、試験では絶対に使ってはいけません。ら抜き言葉一つとっても、丁寧語と間違えにくくなるという点では実用的なのですが、今のところ、ら抜き言葉は間違った日本語の側に分類されています。新旧、正誤入れ替わりの過渡期にある言葉や文法はたくさんありますが、アナウンサー選考を受けるみなさんは、旧来的な正しい日本語を用いなければなりません。極端におかしな言葉にではなく、正しそうでいて間違っている言葉に対してこそ、人々は嫌悪《けんお》感《かん》を覚えます」

境界の曖昧なものは最も忌み嫌われる。人間に似せたリアルなCGは受け入れられず人間からかけ離れたアニメキャラクターは受け入れられる。誰も脳の中でいちいち判別しながらテレビなんか見たくはない。だから正しそうで間違った日本語は、はっきりと間違っている日本語より受け手の印象が悪い。かと言ってそう指導するカトウ自身が、入社前に〝間違った日本語〟を使わずに就職面接を突破できたという自覚はない。講師として回数を重ねる度、カトウはなぜ今自分がこの職に就けているのかがわからなくなっていった。地下鉄車内でのうまくいかなかった実況中継練習のことが脳裏をよぎる。ここは訓練の場だ。アナウンサー選考において、コネや肉体的資質と同等以上に実力主義を信じ通ってきている者たちを相手にしているのだ。指導マニュアルから引用した方法論をただ教え込むのではなく、本気で向き合うべきだと思った。

「全然できていません」

　フリートークを終えた垂れ目の女子学生飯田三《み》郷《さと》は、この批評に対し予想していなかったとでもいうように顔を引き攣《つ》らせた。他の生徒達も全員顔を上げた中、カトウは今までは言ってこなかったような厳しい批評をした。

「でも、先生がおっしゃるそのアドバイスは、うちのサークルで習ってきたのとは少し違います」

　大学の放送系サークルか。プロ不在の各サークルで二〇歳かそこらの先輩部員たちが後輩部員たちに指導を行い、それを代々繰り返して出てきた雑味が変な完成形におちついてしまうということの弊害に当事者たちは気づいていない。二一歳にして己の方法論にしがみつく飯田三郷の中の世界を壊すことは年長者のカトウでも躊躇われたが、彼らの目的へ親身に寄りそった授業を、自分だけでも行うべきだと思った。

「そんなこと言うけど飯田さん、あなた、そもそも滑舌がちゃんとできていませんよ。鼻濁音の後は息が足りず苦しそうで早くなるし。家でもちゃんと練習してきていますか？」

「……サークルで、昼練で、週二回、やってます」

飯田の両目から涙がこぼれ落ちた。

「甘いです、それ。プロ十数年目の人でも、何もしないで力を温存できる世界ではないというのに。少なくともプロ以上に徹底した練習を毎日やらなければなりません」

その後も「アクセントが違う」「心情だけで情報量がゼロ」「視聴者は全員東京の人だとでも思っているのか」「声が小さい」等々、フリートークを終えた学生たちにカトウは無害化処理なしの指導を行っていった。戸惑いながらもなんとか受け入れようとする者、目の前の講師の変貌《へんぼう》に拒絶を示し始めている者に分かれようとしていた。

「学習ではなく、体得しましょう。大学受験までの勉強のやり方から離れない限り、どんなスクールに通ってどんなテキストを渡されても、なんの意味もありません」

滑舌やアクセント練習といった肉体の鍛錬なしには言葉を操れないということを、一コマ分の授業で教え込むのは難しいか。カトウは次を指名した。

「武内愛子さん」

はい、返事をした愛子は立ち上がりカトウと目を合わせた。私の宝物、というお題を出された直後の三〇秒間のシンキングタイム中、両手の指先を机の天板につけながら目を伏せた。ＳＭプレイで二度、スクールでも二度顔を合わせている。互いに見せてはマズい顔を見せ続け目も逸らさないのは、単なる意地でもないだろう。互いに脅迫可能だ。カトウがサトウである事実を知る彼女の持つ爆弾の脅威に動かされ、自分は武内がアナウンサーになれるよう尽力しなければならない。コネ推薦といった力添えを暗に期待されているのかもしれないが、その一方、彼女がアナウンサーになればまた自分の持つ爆弾も等しく効力を得るのだとカトウは思った。行使されれば互いに破滅し、行使されない限りは絶大な威力を誇る爆弾を互いに所有している。もはや一人の意思では抜け出せないところにまできていた。

「こんにちは、武内愛子です。私には今、とっても気になっていることがあります。それは、自分にとっての宝物であるバカラのグラスが最近欠けてしまったことです。私は我慢ができない人なので、新しい物に買い換えてしまおうかと思いました。しかし私にとっては、高校の部活でお世話になった顧問の恩師から卒業式の日にいただいた宝物なので、買い換えはせず、大切にしていきたいと思います」

カトウによる五秒前からの指でのカウントダウン終了から一秒オーバーし、愛子は締めくくった。前回行った原稿読みのレベルの高さと比べ、フリートークはそこまで及んでいなかった。

「一秒オーバー、ラストで早口。それに、私は我慢できない人なので、という表現について。私はナニナニな人、という表現は自己客体化ができていると周りに対し無理矢理思わせようとする、なぜか最近の三〇代くらいまでの女性がよく使うけど、大変気持ちの悪い言葉なので、アナウンサー選考を受ける武内さんは絶対に使ってはいけません」

頷いてノートに筆記している愛子にカトウはたたみかけた。

「根本的な問題としてトートロジー、同義語反復になっていました。私の宝物が宝物たる所以《ゆえん》が、高校の部活の恩師から頂いた、としか説明されておらず、欠けてしまったバカラのグラスを大切にするのはそれが私にとっての宝物だからです、では、同じことを繰り返し述べているだけ。欠けてしまったグラスを機軸にした語り手の変化が全くない。端的に言うと、だからどうした、という感想を聞き手は抱きます。当時の状態をちゃんと説明してみてください」

「……恩師の先生は部活の顧問だったというだけでなく、進路相談にも乗ってくれたので」

「そんな部活の顧問なんて珍しくはありません。武内さんの顔が全然見えてこない、語り手の情報が何もない」

「三〇秒フリートークの場合、私自身の情報をどうやって盛り込めばいいのか……そして、盛り込んでいいのかどうか、迷っています」

「各キー局で二〇〇〇人ずつ受けるんですから、マニュアルを鵜呑《うの》みにしてどうするんです。埋没したいんですか？」

武内愛子は厳しい指摘を受けながらも素直に頷く。カトウにはおとなしく従順な生徒である女が誰であるのかがぼやけ、幽体離脱した自分自身を見ているかのような錯覚に陥った。しかし従順にしているのは自分ではなく武内愛子でありマナ女王様である女性だ。ここで厳しくすることがあの空間での行為にも影響を与えるような気がした。授業終了後、多くの学生たちが前回よりも手早く帰り支度をしている状況で武内愛子に何か話しかけてみようかと逡巡《しゅんじゅん》していたカトウのもとに、白スーツの岸由香里がハンディーカムを持ってやって来た。名古屋の局で募集している嘱託アナウンサーのビデオ選考用に撮った映像を確認してくれと頼まれ、岸はカトウに己の左半身を密着させ、ハンディーカムの液晶画面上に映像を再生させた。薄ピンク色のスーツを着た岸が、カトウも見たことのある他局のニュース番組のスタジオで課題原稿を読んでいた。他局主催のスクールの詳細は知らないがローカル局の選考用にスタジオを使わせてもらうとは、なにがしかの個人的なコネクションを使ったか。金と時間、自らの身体という資本まで注ぎこんだのか。記者時代を挟みつつ自分が一三年間やってきても未だによくつかめていないアナウンサーという職にこれほどまでの執念をもって就きたがる二〇歳そこそこの子らは一体何なのかとカトウは理解に苦しんだ。同じことが武内にも言えた。

「岸さん、君、そもそもなんでそこまでしてアナウンサーになりたがっているの」

映像を見ている途中でカトウが訊《たず》ねると、岸は考える時間も必要とせず答えを口にし始めた。

「社会の現状を照らし出し、困っている人々を助けてあげなければならないという使命感が私にはあるからです。それを叶《かな》えられる職業はアナウンサーしかないと思い志望しました。ちなみに、報道志望です」

何百人分ものエントリーシートや面接選考で見聞きしてきた志望動機のひな形から一歩も出ていない。おきまりの〝報道志望〟が本気なら、もっと競争倍率が低くて似たような職を普通は選ぶ。

「面接じゃなくてオフレコなんだから、本音で話してよ」

「本音です」

どこまでも欺瞞に満ちた志望動機にカトウは辟易《へきえき》する。単に目立ちたいから、という素直な理由を話してくれた方がよほど好感が持てた。一対一の関係を数多く構築してゆくのではなく、一方向的に自分だけが社会の大勢から認知されたい、自分自身のあずかり知らぬところで大勢の人々の意識上に現れたいと思っているというだけの俗な志望理由を口にしなかった。

「新聞社や通信社の記者じゃだめなの？　アナはスキャンダルに晒されたり、窮屈で大変な職業だよ？」

カトウの言葉に、岸は意味がわからないというような顔をした。アナウンサーを、窮屈な職業とは捉えていないのだろうか。

「私今まで気づかなかったんですけど、カメラの前だと緊張して口の右ばかり上がって左が下がってますよね。映像で見ると、緊張したときの自分の変な癖が本当に気になります」

上目遣いの岸に言われたカトウは映像を巻き戻しもう一度再生させ、確認する。

「君の顔はいつもこんなものだよ」

「え？」
液晶画面の中でニュース原稿を読む岸由香里の端正な顔に、別段おかしなところなどない。納得がいっていない様子の岸をはねのけるように教室を見回したカトウだったが、数人の学生が残っているだけで武内愛子の姿はなかった。

5

リカの代わりに、傍らのカトウが目覚まし時計のスヌーズまで解除した。彼女は性行為の後深く寝入る体質であった。カトウも月二度ほどの行為で性的欲求を充分満たすことはできたが、ほぼ同じ体温の二人の肌が触れあうとき、そこに境はなくなり、欲望も消える。挿入など、たいしたことではない。自分はこの先浮気をして家庭を崩壊させることはないだろうという妙な確信も得られた。ベッドから抜け出たカトウはベビーベッドへ近づき仰向けで寝る南乃花の顔を眺める。空気との境も曖昧に思えるほどの白くやわらかそうな肌、愛すべき者の驚くほどの存在感の薄さに、カトウは彼女にとっての他者である己の大切さを実感した。彼女自身が外界や他者の存在を認識し自分という存在に気づいてゆく過程において、自分は意味のある存在だ。一階ロビーへ新聞を取りに行き、戻ってくるとリビングで奴隷のポーズ、土下座、四つん這いでの犬歩きと、基本フォームの練習メニューをこなしてゆく。南乃花がもう少し成長しハイハイをするようになれば、うまく相手ができると思う。調教の先には成功がある。一〇分弱の基礎練習を終えたカトウはシャワーを浴びた。

「イヴニング・キャスト」向けの原稿作成のためカトウは昼から二階の報道局に入り、外勤記者たちから送られてくる原稿の整理や他の内勤記者たちが作成した原稿を添削したりした。近くのデスクでは後輩記者が手書きで原稿の赤入れを行っている。最終稿を出力するまで彼がパソコンを使わないのはパソコンを開いたら勃起する身体になってしまったからだという。ポルノ動画ばかり再生させていれば、機械の側から調教されるということもあるだろう。

「……のリスクが懸念《けねん》されるが、それを踏まえた上でも前向きに検討していきたい、とのコメント。」

送られてきた草稿は、TPP推進派議員の言葉であった。「リスク」に赤字の傍線を引いたカトウはその横にダメ元で「危険性」と書き記す。TPPを推進すると国の一部の産業が駆逐されてしまう危険性があるがそれでも推し進めるつもりだ。日本人にとっての英語という異国語の曖昧さを省くと、政治家が話したこととの真意はそうなる。それらの原稿をまとめて報道局デスクへ見せに行ったが、すべてに目を通したデスクのヤマガミはカトウの顔色をうかがった。

「どうした、これは？　直せよ、ここも、これも」

カトウの原稿にダメ出しし慣れていないヤマガミは初めは戸惑い気味に、三箇所目以降は強い口調で指摘した。「危険性」は「リスク」、「アメリカへの追従」は「グローバリズム」へと、耳あたりは良いが何も伝えない言葉へと直された。言われたとおり従順に修正した原稿は再チェックも通り、現実の情報を無害化しただけの最終稿がいくつも出来上がった。人の身体に入ってくる情報を縮減させることがメディア機能の一つとしても、複雑な世界を一二〇分の枠へ当てはめるように単純化した末さらなる圧縮、編集、無害化処理を経て無にしてしまっている。伝えないための情報を流し続けるほかない。これが奴隷の書法か。カトウは己の無力を痛感したが、上からの命令には奴隷のように従うほかなかった。

〈明日の夜、局、もしくはホテルニュー赤坂のロビーへうかがいますので、相談にのっていただけませんか？〉

一段落したオンエアー前の時間に携帯電話を開くと、メールを一通受信していた。媚び売り学生岸由香里からであった。前回のレッスン終了から半時間、教室が閉められる二一時過ぎまで質問責めにされた挙げ句、近くの洋食屋で食事をしながら悩み相談までさせられた。スクール講師へ媚びを売り食事に連れて行ってもらい内定を得た学生が過去にいる、という噂を信じている学生は多いらしかった。返信もせずカトウは携帯電話を閉じる。本人は世渡り上手のつもりらしいが、魂胆を隠せない隙の多さが気持ち悪い。岸由香里は容姿端麗だが、白はより白く、黒はより黒く映すというテレビカメラの特性からすると陰影が濃く出すぎてしまう。あの顔と声はどんなにおとなしそうな表情を繕っても険が出てしまう。食事に二時間もつき合ったのは彼女が武内愛子についての情報を持っていたからであり、おそらく武内本人から聞いてしまうより岸を通して聞くからこそより愉しめるという自覚がカトウにはあった。

学生同士で食事会を開いて互いの情報を共有しており、それによると武内は本気組の学生の例に漏れずアナウンススクールを二校掛け持ちし、他局主催のスクールでは通常クラスとは別に部外者には口外厳禁の秘密の特講クラスにまで通っているらしかった。そのことを岸が知っているのは岸自身も同じ特講クラスに曜日違いで参加しているからで、通常クラスには三クール九ヶ月間通っているという。岸はエントリーシートに貼《は》る写真のために青山や渋谷のプロスタジオで合計一〇〇枚以上の写真を撮ってもらったことや月に三回美容室に通ったりしていることなども得意げに話し、しかもそれは本気組の女子学生なら皆同じようなものだという。試験対策のため九ヶ月間で七〇万は使ったという岸はその金を親に出してもらったと話すが、ほぼ同額の負担が武内愛子にもかかっているとみられた。地方局の選考も受けるのだとすれば全国行《あん》脚《ぎゃ》で交通費や宿泊費等出費はもっとかさむ。実家の財力がどれほどかは知らないが福島出身の彼女が上京し私立大学へ通えばそれだけで多額の費用がかかっているはずで、現状以上の仕送りを期待できない場合彼女自身で活動資金を捻出しなければならず、時給九〇〇円の一般的なアルバイトではそれも難しいだろう。スクール費用を捻出する必要に駆られていなくとも、彼女はＳＭクラブで働いていただろうか。疑問を抱きながらその後自宅に戻り、カトウは今日の予約を行ったのだった。

「イヴニング・キャスト」の反省会がいつもより二〇分ほど早く終わったこともあり、局から六本木のホテルへとカトウは歩く。一本鞭で打たれる痛さを思い出す度、自分には本当は向いていないのではないかと思え足が止まりそうになった。しかし選択肢がないということは快楽でもあり同じようなことを体感できる機会は他のどこにもない。鞭で打たれる度に曖昧な誰かではなく奴隷マゾ男サトウ以外の何者でもなくなり、奴隷がやることをやらないと奴隷にはなれないためまた今日も奴隷をやりに行くしかないのであった。

カトウは皮膚という皮膚をカーペットに密着させた土下座の状態で待機しながら、マナ女王様の顔を思い出そうとする。最近テレビで見た頭痛薬や除菌剤のCMに出てきた美人たちのシルエットがなぜか思い浮かぶが彼女らの顔が具体的には思い出せないでいるうちに、ドアガードで開けられていたドアからマナ女王様が入室してきた。おはようございます、と言おうとするが、接地面積を増やすため床に対し顔を傾け唇の右半分で床とキスしている状態だと、その胸式発声の声はひどく浅くカトウの頭蓋左半分だけに響く。

「ちゃんと声が出てないよ」

申し訳ございません、その声も浅く、カトウの脳裏には発声練習を行う学生たちの姿が過ぎった。「ハ」行の上手だった武内愛子。どんなセリフを口にするときも恥じらわず語尾が尻切れにならないマナ女王様の話し方に意識を向けていると背中をヒールで踏まれた。何か言う気でいた女王様が息を呑んだのがわかる。身体が一切沈み込まなかった、つまり完璧な土下座を習得することができた。だが、カトウが達成感に浸っていられたのもごく数秒ですぐに脇腹を蹴られた。

「指が揃ってないよ」

奴隷の身でいる限りチェック項目は新たに無限に現れる。達成などという概念にしがみつく時点でとんだ勘違いだったとカトウは己を恥じた。

「お父さんお母さんにも見てもらいたいね」

M性感で出会った二人の女を思いだした。二人は仙台と新宿の店にそれぞれ勤めており、他のM性感の女たちと違い言葉責めを途切れることなく続けることができた。ただ言い回しや言葉の選択がアニメキャラクターっぽく、引用に頼らなければ何も言えないらしかった。客の個人差や変化する状況に対応せず、カトウに向かって言いながらもそれらのセリフは一様に彼女らの頭の中にある台本から発せられているようであった。そして既存の何かからの引用を感じさせないマナ女王様による言葉責めにも新たに違和感を覚えた。むしろ引用に頼らざるをえない方が自然なのかもしれない。カトウも職能として先人たちから受け継がれてきたアナウンサー文法を引用し、特に実況アナウンスに関してはそれなしでは何も言葉を発せられなくなるほどに頼っている。背中から足をおろしたマナ女王様が左横に来た時、今日初めてその身体を目にすることができたカトウだったが四つん這いになることを強要された後すぐ頭に何かを被《かぶ》せられた。瞼がバラバラの方向に引っ張られ視界が歪《ゆが》む。パンストだと推測できた。

「ありがとうございます」と言ってみたら思いの外明瞭な声が出てしまい戸惑った。

カトウはベッドの側まで四つん這いで歩かされ仰向けになることを命じられた。女王様のシルエットは見えるがナイロンの網のせいできめ細かなモザイクがかけられているようにしか見えない。顔を見せない、というより、女王様自身が顔を見られないようにしたいという意思の現れか。それはつまり、女王様が武内愛子であるという真実に奴隷が気づいているとしてもそのことを素振りに表すな、ということなのだろうか。仰向けになったカトウの半勃起した一物を軽く踏みつけたあと、マナ女王様はベッドに座りながら両足の裏で顔を叩き始めた。ある程度大きく振り上げる割に、当たるところは顔の下半分から外れることはなく、右に左に頭を揺らしながらカトウは女王様の身体技法の精度の高さに感心した。これが県大会第六位の元軟式テニス選手の身体能力か。

「笑ってんの」

恐怖や快楽に付随する高ぶりもコントロールする意思を失うと笑いになるらしかった。笑いとあえぎの混じった声は頭骨を通じて聞くとおぞましいがそれも快楽を増長させた。五音韻に分類できない不明瞭な母音で呻くカトウは腹を踵で踏まれ、今度はわざと嗄《しゃが》れた声で呻いた。パンスト効果もあわさり頭蓋に響く声はさらにカトウを興奮させた。自分で自分を興奮させる、まるで自分の身体を食べる下等生物にでもなったかのように感じた。どの音韻からも外れた声は言葉を形成することができず、そこにはただ声帯を通過し音を伴っただけの息の流れがある。発声効率の悪い声は倍音も失われろくに響いていない。膝をつき奴隷のポーズを命ぜられた後しばらく放置され、雑誌を読んでいたマナ女王様がやっと立ち上がり黒いボストンバッグの中から何かを取り出しカトウの背後から囁《ささや》いた。

「これからおまえの身体を燃やしてやるよ」

背後からそう言われカトウは精神的防御をとれなかった。背中を蹴られながら完全に陰茎を勃起させ、腹を蹴られ、広げられた二×一メートルほどのブルーシート上で仰向けにさせられた。火が見え、そして何かがカトウの身体に落ちいきなり腹の皮膚の存在感が膨れ上がった。溶けた蠟を垂らされていることに気づきカトウはうめいた。熱をもった液体が点となって皮膚に落ちる度、曖昧だった空間と身体表面の境がその瞬間瞬間に意識される。肌同士の境をなくす妻との性行為とは真逆であった。カトウは腹筋に力をこめながら効率の悪い発声であえぐことですんで酸欠になろうとした。

「どうしたのポチ、なんか膨らんでるよ」

「気持ちよくてチンポが勃起しています」

「陰茎」

「あ」

言葉の添削と同時に股間への蠟燭垂らしを食らったカトウは悶絶《もんぜつ》しかけた。

「陰茎が勃起しています」

「なんで」

「興奮しているので、陰茎が勃起してしまうのです」

「トートロジーよ、それじゃ」

同義語反復。カトウはその声が誰のものなのか一瞬わからなくなりかけた。言葉遣いの指導をこの場に持ち出したのは意図的なものか。女王様から連続で唾を吐かれたカトウはそれを顔で何発か受け取りにいった。

「どっちが欲しいの」

「唾と蠟燭、両方ください」

胸に蠟を垂らされカトウは仰向けのままエビ反りになり、

「あっち！　あつっ」

「言葉遣いが駄目ね。そんな下品な言葉、私の前では絶対に使ってはいけません」

マナ女王様の一吹きにより蠟燭の火は消され、垂らされた赤い蠟の塊に皮膚がひきつるのをカトウは感じた。マナ女王様が口を開いただけで不明瞭な声を出してしまったが女王様は暴力どころか何も口にすることなくただ蔑《さげす》んだ視線を投げて少し笑みを見せた。本質はこれだ。黙っているだけでも部屋の隅々まで張りつめた空気感を作ることができるマナ女王様には言葉すら不要だ。その視線が急に自分へ向けられるだけでもカトウの意識は激しく動かされる。何もない、何もしない空間に必然性という見えない文脈が膨大に存在し、それを感じ取っている自分は自由に動くことができない。街中で聞いたらおかしく思われるようなどんなセリフにも違和感を覚えないのは見えない文脈によるものだとカトウは感じた。派手な肉体的動作ではなく、見えない、発されはしない言葉でこの空間は埋め尽くされていた。

「どうするの？」

責めるような口調で訊かれたカトウが「申し訳ございません」と謝ってみても何も指示してこない。何かしなければならないと慌てるほど、自分に残っている選択肢の多さに恥ずかしさを覚えた。それしかないという正しい道を歩んでいれば他の選択肢など消えているはずで、プレイのどこかの時点で、逸脱した道を進んでしまっていた。

やがてクローゼットの扉に貼られている鏡がカトウの目についた。二メートル弱の高さがある鏡の前まで四つん這いで移動し、予想していなかった自分の顔が現れ愕然とした。ストッキングで凹凸をならされた顔は醜く、しかもそれでさえ瞬間的に繕った顔でしかない。他者へ向けられた自分の顔を生で見ることは絶対にできないということとをカトウは職業柄知っていた。鏡の前で四つん這いになっているとマナ女王様がやって来てストッキングを引っ張り視界がぐちゃぐちゃになった後カトウは鏡越しにマナ女王様の顔を一瞬盗み見たが、目が合うと咄嗟に伏せた。蹴られる、と予期したがなんの罰も与えられず、自分でその先どうするかの判断を迫られた。カトウは己の状態についての実況中継を始めた。鏡に少しだけ映る女王様は無反応で、自分の声以外は何も聞こえない空間でカトウは実況中継を続けた。言葉を絶えず発し続け沈黙をなくすことによってでしか文脈を作れず、四つん這いの状態での実況中継でネタも尽きてくると後ろ向きになり、頭だけ鏡のほうに向けながら実況中継を続けた。その際、尻の黒ずみに驚いた。尻の汚い女を見て幻滅したことがこれまでの人生において何度かあったが彼女たちは自分だったのだ。

「奥さんも大変ね。娘さんもかわいそう、こんな変態のお父さんをもって」

カトウは緊張した。反応を窺《うかが》うような口調で、意図的な発言であることに間違いはなかった。女王様に対し娘の話をしたことは一度もない。カトウに去年長女が誕生したということは局ホームページのアナウンサー紹介欄に掲載されている。カトウの脳裏にタチバナ・シズエとソウヤ・ユキコの顔が浮かんだ。不倫が発覚して泣き数々の番組を降板になったタチバナと、学生時代のAV出演疑惑をもたれつつも平然とした顔で今までどおり各番組に出続けているソウヤ、それらに加わり、SMクラブの女王様に隷属し調教されている自分、そして元SMクラブの女王様という経歴の持ち主であるタケウチ・アイコアナウンサーの顔も並んだ。自己実況中継を続けていると束の間女王様の気配が消えたようにカトウには思え、鏡に映るマナ女王様の顔右半分を盗み見ると頰から力の抜けたような顔をしていた。スクールの受講生武内愛子の顔であり、実況に熱を入れ過ぎていたことに気づいたカトウは自省しすぐに目を逸らしたが、鏡越しにマナ女王様の目がカトウの目に向けられた。

「キャンキャン吠えてうるさいね。もうあなた、とっとと自分でしごいちゃいなさい」

パンツを脱ぎ一物を握りしめたところで尻を蹴られ、実況はやめるなと命令された。終末の兆《きざ》しを迎えると、カーペットが汚れるから自分の掌《てのひら》に出しなさい、マナ女王様はそう言った。四肢のうち一つを失っただけで四つん這いではなくなり身体の揺れは激しくなる。無理な体勢で喋り続け酸欠状態で実況も途切れがちになりそれでも不明瞭で通りの悪い喘《あえ》ぎ声を出しているうち膝立ちになり左掌の上に射精した。カトウは手を洗ってくることを許され左手以外の三肢で犬這いになったままバスルームへ移動し手を洗い犬這いで戻ってくると女王様が一本鞭を手に素振りしていた。

「まだ遊んでほしいの？　もう射精したのに」

「はい、よろしくお願いいたします」

「性欲関係なしの、純粋なマゾ心からの願望ね」

「その通りでございます」

「嘘《うそ》つけ、口ばっかのくせに」

カトウは黙しかけたが、自分の気持ちを証明したく発言した。

「私の生意気な金玉を一つ、潰《つぶ》してください、今すぐに」

マナ女王様の方を向き明瞭な発音で発すると、女王様の視線は反射的にというようにカトウに合わせられ、少しの間宙をさまよった。カトウはそこにフリートークが苦手だった武内愛子の顔を見つけ、他の奴隷たちにも使い回しているかもしれない調教のやり方をそのまま自分にあてはめることはできないはずだと思った。また子供を作るとしても睾丸は一つ残されていれば事足りる。チャンスは一回。中途半端《はんぱ》に痛めつけられるのとは違い瞬間的に気絶するなり死に近い無がそこにはあるのかもしれない。彼岸まで行ってしまえばどうにかなるのではないか。軽い酸欠状態が冷静な判断を失わせているような気もしたが、平常時の精神が正しいとは限らない。刹那《せつな》的なこの時間にしか見えてこない真理もあるはずだ。

マナ女王様からの苛烈《かれつ》な一本鞭連打に耐えながらカトウは泣きそうになった。愛していますと口にさえすれば、この流れを極力壊さずに止めてもらうことができる。しかし臨界点を突破してしまうのをただただ歯を食いしばって待つべきだ。

「生意気な犬の金玉は今度潰してやるよ。楽しみは後にとっておく。今日はこれ」

針を手に取ったマナ女王様はエタノールで消毒し、仰向けにさせたカトウの目に先端を近づけた。焦点はマナ女王様の小指より先にしかあわず、より近くの針をもつ親指と人差し指はぼやけ、そして針の先端は右目の視界にぼやけた像として存在するだけだ。これが水晶体を破れば間違いなく失明する。カトウの顔の表面全体が敏感になり涙が溢《あふ》れてきて仕方がなかった。

「目もまだとっておくよ。潰れた金玉を見せなきゃいけないからね」

そう言った女王様がカトウの右乳輪に針の先端を当てる。

「心配しなくていいよ。私は全然痛くないから」

極細の金属が皮膚を突き抜け皮下に侵入した。ほとんど絶叫しながらカトウはあるワードを口にしようとも考えるが痛みと恐怖の中それが出てこず同様に左の乳輪にも刺された後陰茎を平手打ちされ、意識が途切れる、と感じたが実際には苦痛が裏返り恍惚感《こうこつかん》に包まれた。氷の冷たさを熱湯の熱さと勘違いするような、何をされても同じ刺激になる状態に至っており、許しをもらい自瀆《じとく》で射精したカトウは乳首に針を刺したままたて続けに三度目の射精も行った。三度目はほとんど透明な液体がわずかに左掌の上に出ただけで首から垂れる脂汗《あぶらあせ》と混じり見分けがつかなくなった。

掛け時計を見たマナ女王様が無言で針を抜き、慣れた手つきで乳首の消毒を行った。終了時刻を数分過ぎていた。貫通した二箇所に赤い点が見え大きめの絆創膏《ばんそうこう》を両乳首の上に貼られた。痛み自体は味わいたくないが、自分の意思では制御不能な大きな力に追い込まれてもただ堪え忍ぶしかないという選択肢のなさ、自分がただ一つの存在へと規定される感覚自体を、また身体が渇望してしまっていた。

「今晩でもお風呂《ふろ》には入れますのでご安心ください」

その丁寧語にカトウは身を固くした。無個性な丁寧語で話しかけられたのは初回のカウンセリング以来で、前二回のプレイ後の会話にはもう少しフランクさが混じっていた。しかし今回の口調はアナウンススクールで接する武内愛子のそれに近かった。

「現役大学生なんですよね」

ワイシャツのボタンを留めながらカトウが不意打ちのように尋ねると、さっきまでマナ女王様であった女性は少し遅れてかすれ声で「はい」と返事をした。

「就職活動は、どうなんですか？」

刹那、黒いキャットスーツに身を包んだ女性は警戒心を露わにした顔を垣間見せた。マナ女王様の怪訝な顔とも違う。この顔の女性がカトウに向けた表情として、それは初めて目にするものであった。

「ええ、もうすぐ、来月には始まるので、緊張します」

今度はカトウが警戒した。来月から選考が始まる企業など、テレビ局の、それもアナウンサー選考くらいしかない。自身が武内愛子であることを認めるような答えを返してきた大胆さにカトウは戸惑う。読めない剣筋から間合いを取るように鞄から財布を取りだし料金を払うところで、安全圏に入りたいのならむしろ逆だと気づき、踏み込んだ。

「アナウンサーに、なれるといいね」

「ありがとうございます。カトウ先生の授業は、とてもためになります」

間を置かずにカウンターを受け、咄嗟にカトウという人物について尋ねようとしたものの、その場しのぎにしかならないと思い直したカトウは、先に帰るよう武内愛子を促した。相手に縛られ、自分も相手を縛ったという手応えを得て、次はもっと飛躍できるという予感に身体がうち震えベッドに仰向けに横たわった。このまま眠ってしまいたかったが、妻と娘の待つ家に帰らなければならないしアナウンサーカトウがアナウンサーカトウであるためには明日も通勤電車の中で実況中継練習をしなければならない。チェックアウトを済ませ地下鉄駅の階段を下るとき、身体を操る感覚が未だサトウのままだとカトウは感じた。

6

潰されたものは元に戻せない。だが、穴は塞がる。ワイシャツの胸元に茶色い点があり、出血でもしていたのかと手で生地を撫《な》でてみたところ、何かの食べ屑らしき粉がアナウンス室の床へ落ちた。生地が上等で夏場は地獄の暑さをもたらした国会取材用オーダーメードスーツも、一〇月上旬ともなれば苦もなく着ていられる。出社して報道局へ向かおうとした矢先、逆に向こうからカトウに連絡が入った。一一時三〇分から一二時までオンエアーの昼ニュース番組担当アナウンサーの声が、急に出なくなったという。アナウンス室に何人か代替可能な人材はいたが、カトウに白羽の矢が立った。

「サカタや、ソウヤなんかもいけると思いますよ。それに、エノキさんを差し置いて私、でいいんですか？」

二階の報道局に着いてすぐカトウが発した問いに、報道局ニュース部長のノムラが答えた。オンエアー時刻まで、残り一時間を切っていた。

「いや、エノキくんはちょっと特徴的だし、若手のあの二人も我が強いから。午前中から他人《ひと》の自己顕示欲なんか見たくはないんですよ。個性を消して内容だけ伝えられる、カトウくん、あなたの原稿読みが、私は好きだ」

顔を晒し続ける仕事を任されるのは久しぶりであった。ギリギリまで原稿作りに関わり原稿読みの練習をこなしたカトウはオンエアー三分前にスタジオに入った。用意されていた原稿本数は全二〇項目あるうちの一二本で、残りの約半分は放送中に手元へ届けられる。席について間もなく、オンエアー開始前のカウントダウンが始まった。一言噛《か》めば失敗、失言すれば事故という世界がこれから幕をあける。

「こんにちは」

目の前にはカメラとプロンプターがある。プロンプターには原稿が拡大表示で映し出され、それを読むカトウの顔をカメラが捉え、全国へと晒している。

「東京都港区で見つかった不発弾の処理が今日……」

目の前に視聴者は一人もいない。カメラを隔てたテレビ画面越しには数百万の人々の顔がある。マイクを使ったアナウンスの基本、前方四メートルの位置に立つ架空の一人に向かって届けるつもりで、自分との距離が不確かな無数の人々へカトウは声を伝える。VTRに切り替わる度カトウの手元に新しい原稿が届き、空白の時間にいちいち緊張した。どんな陰惨で衝撃的なニュースであってもアナウンサーという存在によって読まれると安心して聞けるニュースとなる。途《と》轍《てつ》もなく破滅的なことが起きていても、それが起きているようには見せないためのスタジオという空間に、宙づりにされるような心許なさを覚えた。系列各局発信のローカルニュースに切り替わる一一時四六分四五秒まで、この声は確実に全国へと届けられる。全国ニュースの終わりには最長三〇秒のクッションとして為替と株の情報が入り、どう説明するかでいくらでも時間を調整できた。カトウは二〇秒ほど時間を割き丁寧に説明し、一一時四六分四五秒以降の関東ニュースもなんとか問題なく読み上げた。反省会終了後、報道フロアに残り録画してもらっていたオンエアーを二〇インチモニターで確認しながら、目についた自分の問題点をノートに記してゆく。アナウンスはともかく、顔が堅かった。モニターに映る数十分前の自分の顔を見ているうちやがて背後から声をかけられ振り向くと、コンビニの袋を手に提げた報道局社会部のクツワダがモニターをのぞいていた。

「久々に三〇分も顔晒したからな。反省点だらけで驚いている」
「反省点？　どこがだよ、先生？」
「たとえば、口角を上げる意識をして読み始めた後、右の頬だけがひきつったように
わずかに上がったままなんだよ。最初から最後まで、ずっと」
クツワダは再生中の映像へしばらく目を向けた後、目頭を揉《も》みながら欠伸《あくび》した。
「おまえ、いつも通りの普通の顔だって」
どういうことだ？　カトウが目で問うとクツワダは咳払《せきばら》いをして続けた。
「気になるところなんてない。おまえの顔は、どこもひきつってなんかいやしない
よ」
指摘されモニターへ目を戻したが、やはり右頬のわずかなひきつりはそのままであ
った。クツワダにはこれが見えないのであろうか。モニターを指さしながら後ろを振
り向くと、クツワダはモニターではなく生のカトウ本人の顔をまじまじと見た。
「ただ、年齢っていうか、俺が補整して見てたのかもしれない。昔と変わってきたか
もな。うん、合成顔から離れてるよ、確実に。無理が滲《にじ》み出てる。人生の折り返し地
点で、俺の顔も変わってるんだろうな」
「いや……クツワダの顔も変わってないぞ」

「ありがとよ。けど、おまえの顔は変わったよ。それも急にな。特にオンエアー前の会議の時、別の奴《やつ》が顔を出す」

そんな顔をカトウは見たことがない。

一階の中華レストランで食事を終えた後も今日の授業の進行予定を立てているうち、授業開始の三分前になっていることに気づいたカトウは慌ててエレベーターホールへ向かった。そこには見覚えのあるシルエットがあり、スーツ姿の女の後ろを追いかけると、女は走ってくる気配に気づいてかドアを開けたまま待ってくれていた。

「ありがとうございます」

尻すぼみで言うカトウに武内愛子が会釈を返した時、エレベーターのドアは閉ざされた。教室のある⑬の表示が点灯している。レストランにいる姿を見られ待ち伏せされたという可能性にまで思い至った。

「引率の人は？」

「すみません、アルバイトが長引いて私だけ遅れてしまって。受付の方に顔も覚えられてなくて通してもらえず、受講票を見せたんですけど事務局に確認をとったりとかでこんなギリギリの時間に」

マナ女王様のシフトは木曜には入っていなかったはずだとカトウは記憶している。

「武内さんはなんでアナウンサーになりたいの？」

「世界に貢献したいからです。私には、社会の現実を報道の力で世間の人々へ伝えなければならないという使命感があります」

つい最近も同じような言葉を聞いた。世界、社会、使命、私。率直な感想を口にしたい衝動をカトウは抑え込む。遮音された密閉空間で過ごす時間は重く、高速エレベーターの速度をもってしても異様に長く感じられた。

「他のアルバイトでも、掛け持ちしているの？」

「ええ、その通りよ」

不意打ちされたその口調にたくらみを感じ、カトウは右隣に立つ女を見ることができなかった。

「アナ受験って、お金かかりますから。私は、なんとしてでも、アナウンサーに、なりたいんです」

「記者とかじゃだめなの？　アナは大変だよ、タレントと会社員の間を行き来しなきゃならないし」

「それは長所ではないんですか」

「長所？」

「逃げながら戦えるというか……あ、すみません。プロの方相手に」

スーパーバイザーオカノ・ムネオと入れ替わりに武内愛子と一緒に教室へ入った時、一見して受講者数が減っていることにカトウは気づいた。一三人のクラス中、数えてみると一〇人しか来ていなかった。前回の授業で泣き出した女子学生の顔はなく、三名の脱落者を出した事実に怯《ひる》みそうになるもカトウは授業を始めた。

「原稿読み分け、ということをもう少し意識してください。このとちおとめの原稿は、たとえばどんなニュースを読み終えた後に読まれることが予想されますか？」

「……わかりません」

「深刻なニュースの後に読まれるパターンが多い、って、何べん習ったらわかるんですか？」

二七歳の大学四年生原田珠枝《たまえ》は何度も頷く。アナウンサーになるため地方の無名大学から都内私立大学へと転入し、今まで二年受け続けて駄目だったアナウンサー試験を就職浪人をしてまで受けようとしている彼女が合計で何クール通い続けてきたのかはわからない。今月下旬からキー局の試験が始まるというこの段階で初歩的アドバイスを受けるとは、明らかに適性が欠如している。否、どうでもいいニュース原稿をただ命ぜられるまま読むという点では自分たち現職アナウンサーのほうが酷《ひど》いのか。今日は寒いか暑いか外へ出ればすぐわかる情報をテレビで伝えるのも別段、外に出られない人々を思っての配慮ではない。読み分けの問題以前に、読まれる必要がないニュース原稿の読み方をこうしてお金をとって教えていた。

「次、武内愛子さん」

「はい」

学生一〇人と講師一人がいる空間にまた別の二人が顔を現した。カトウは爆弾の脅威に晒され、武内愛子は将来自分自身を脅かすかもしれない爆弾を有効にさせるため今そこに立っている。指定されたニュース原稿を読んだ武内にカトウは批評を行ったが、テキストやNHKアクセント辞典から引用した文句を言うだけのこれが批評なのかどうか自分でもわからなかった。どのルールもほとんど引用により定められていて、カトウは武内愛子に金を払わせてまでただマニュアルからの引用を教えているというこの状況に口が重くなった。武内愛子や、最前列中央の席に陣取る岸由香里だけでなく他の学生たちも次々と顔をあげカトウへ目を合わせてきた。無数に思える顔に対する苛立ちと彼らにとり真に有用なことを教えられていない自分への憤りがカトウの中で大きくなってゆき、我慢できなくなった。

「とは言ったけど……受かる人は、何もしなくても受かる」

カトウの口から発せられた言葉に、教室の空気が一変した。唖然《あぜん》としているのは学生たちだけでなく、カトウ自身もであった。言ってはいけないことを言ったという自覚はあるものの、口をコントロールすることができなかった。自分が、自分に言わされている。

「武内さん、七年前にウチに入社したササヤマ・トオルアナウンサーの面接時のエピソード、知ってる？」

「ええ……最終面接でのことでしたら、噂程度になら……わざとささやくような小さな声で喋ったとか」

「そう。岸さんなんかも知ってた？」

「はい、理由を訊かれて、自分の話に注意を払って聞いてほしかったからと答えたというエピソードですよね」

ブツ切りにされた文脈が迂回路《うかいろ》を辿り元の文脈へと戻ってきたと感じているのか、身構えている様子だった学生たちの顔から警戒感が抜けてきた。

「選考マニュアルから外れた行為、というエピソードをここにいる皆が知っていて、自分たちもササヤマアナウンサーのように柔軟にやらなければならないと心がけている。いわば過去に行われた〃マニュアルから外れた行為〃というサンプルを例にしたマニュアルに従おうとしているわけですね。イタチごっこのように」

カトウは武内愛子からの視線を強く感じる。街中で視界に入れば一瞬目も留まるがテレビCMや広告で見ても気にかけないような、人々の記憶には長く留まらない類のよくいる美人。決してタレントタイプのアナウンサーにはなれない彼女こそがこのクラスから送り出す本命であり、そう思う所以は何だろうとカトウは考えた。SMクラブの女王様と客という関係で出会っていなくともそう思えていたのか、ここで出会っていなくともSMクラブに通い続けていたのかどうか、はっきりとはわからない。

「講師なのに言い過ぎたな。今述べたことは他言無用で」

素質を持つ者にとっては、もっと成長できる場がここではない別のところにある。

7

パンツ一丁という格好でカトウは奴隷のポーズと土下座のフォーム確認に励んでいた。汝《なんじ》、地と同化したわむべからず。馴染みのホテルの部屋で土下座の体勢で待ち続けていると、ドアガードで開けたドアとドア枠の隙間からあの足音が聞こえてきた。

今回もキャンセルされなかった。

「おはようございます、マナ女王様」

おはようポチ、テレビ業界の挨拶をマナ女王様から返されたことの不自然さにカトウは今さら気づいた。業界の雰囲気に憧《あこが》れる武内愛子の名残だろうか。マナ女王様は店に連絡を入れてからバスルームへ行き、三分足らずで出てくるとカトウの背中に足を乗せた。背中の中心部から離れた右肩の下、最も崩れやすい部分にヒールで点の体重をかけられている。いつもであれば何か指摘されるタイミングで何も言われないのは、土下座に隙がないからだろう。マナ女王様は状況を無視した出任せは言わない。その一言が、今まで形成してきたものを壊すかもしれないということを知っているからだ。唇の右側と鼻を床におしつけているカトウのまわりを女王様が無言でゆっくりと歩く。繰り出される無数の剣筋を感じた。カトウは床の臭いを嗅ぎながら相手の手を待つ。この立合自体が、アナウンサーや家庭人としての人生を奪われる危険性を、武内愛子からすれば全身全霊を注いでいる将来の可能性を潰される危険性をはらんでおり、それを互いに承知しながら火種を大きくし合っている。緊張感をはらんだ真剣勝負こそが、人を格段に成長させる。アナウンサー志望の武内愛子にとっても、アナウンススクールで技術を教えこまれるより、無言の真剣勝負をしている今のほうがよほど成長を促されるといえた。どれほどの時間が経過したのかわからない。マナ女王様はカトウのまわりをゆっくりと歩き続けていた。中学・高校時代、剣道部の鍛錬で皇居のまわり一周五キロを週に二度走っていた日々のことが思い出される。カトウは全方位に神経を張り巡らせていた。空間全体にまで自己の五感が拡張されている。先に均衡を崩したほうが、負ける――否、あえて隙を見せることで生じる一瞬の油断を利用し一息に突く、か。酸素消費量が増しても微動だにせず呼吸のペースを変えないようにしている弊害か、息苦しさを感じ始めていた。互いの役割分担から生み出される流れを壊してはいけないという点では、どちらも対等だ。マナ女王様はカトウの中にあるルールまで読解しギリギリの線上を綱渡りしている。首の角度をわずかに変えた際、首から上が鬱血し始めた。血管のどれかを締め付けたらしく、またわずかに動かし元に戻してみてもあまり軽減しなかった。限界か。破綻《はたん》を引き起こしてそこを責めてもらう、といういつもの流れに落ち着くのも有りか。カトウが易《やす》きに流れかけたところどういうわけか鬱血は徐々に解消した。一ミリ、一度のズレでも変化を来《きた》す状況に置かれている。性器の鬱血だけはひいていない。汝の欲望とはいったいなんなのか、本能ですら、疑え。後から反省的に現象を捉えてもそれは真実とは限らず、たとえ刹那的であってもその場に身を置いていなければ近づくことのできぬ真《まこと》がある。左目の前のカーペットに黒いヒールがおろされた時、カトウは少し大きく息を吸い、それを察知したらしき女王様の歩調がわずかに乱れる。次の瞬間、カトウは呼気に声を乗せた。

「私の乳首を、潰してください」

一音目から一切かすれることのなかった言葉は部屋の中で響いた。前置きもなしに発せられた言葉に歩みを止めたマナ女王様は、一呼吸分だけ間を置いた。

「ポチにはまだ早いわ」

時間稼ぎなしですぐ返された言葉にカトウは形勢を崩されかけた。

「私の鞄の中には、ラジオペンチ、消毒液、ガーゼにテープ、鎮痛剤が入っております。用意はできております」

金玉を潰してくれと懇願した前回とまったく同じ反応をするわけにもいかないはずだ。

「生意気ね。膝立ちの奴隷のポーズになりなさい」

体勢を変えようとしたカトウの、床につけていた右目が久しぶりに光を取り戻した。焦点が合わさってきた視界の右側に大きな影が立っていた。至近距離にいるためカトウはその顔を見ることはできず、黒光りするキャットスーツだけが目に入った。呼吸にあわせ腹部が膨らんだり縮んだりする様は無機物が生を得たように見える。掛け時計へと一瞬目をやり、今が二時四〇分であったことを知る。開始から四〇分も経過しているとは何かの間違いではないかと思った。前蹴りをくらったカトウには物理的に縮まった距離感とは逆に、精神的な間合いは開かれた気がした。奴隷のポーズをとらせながらの決して鼻より上には当たらないビンタ、背中への一本鞭打ち、仰向け状態にさせての顔面騎乗と、絶妙にコントロールされた身体技法にカトウは一物を固くさせたままであったが、そのコントロールが疎《うと》ましく思えてくるのを禁じえなかった。制御不能の臨界点を目指したい。マナ女王様の本質は、繰り出す言葉と繰り出されない言葉によって場を支配し奴隷の感情をコントロールする能力だ。エゴマゾにならない要望の仕方としてどんなものがあるかカトウは必死に考え、顔面騎乗をしていた女王様が立ち上がり口があいたとき、はっきりとした音韻の日本語を声に出した。

「お願いです、乳首を潰すのだけはやめてください。いくら私の鞄の中に道具が用意されているとはいえ、乳首だけは、潰さないでください」

要望と真逆のことを口にするのも安易だったか。カトウの顔を両足で挟むように立ち見下ろす女の顔は、マナ女王様のものではなかった。狼狽《ろうばい》の色が見て取れた。

「いいえ、罰は罰としてちゃんと受けてもらうわ」

マナ女王様が瞬時に顔を元に戻し、カトウは身を固くした。自分の乳首は、本当に潰されてしまうのか。マナ女王様は蔑んだような視線を投げかけてきていた。やりたくないであろう奴隷への乳首潰しを、阻止できるのか。管理者権限が不特定多数にあるこの身体に消せない刻印を残し、被害者・加害者という関係性の消えぬ証拠を、互いにとっての爆弾を作らされるのを、どう回避するつもりか。カトウは乳首が段々と惜しくなってゆくのを感じていた。意識する時しか意識されない皮膚上のただの突起物に過ぎない。この乳首は自分のものだ。だが自分は乳首ではない。膝立ちのポーズを命ぜられすぐに吐かれた唾が首に当たり、カトウは息漏れの多い不明瞭な声を上げた。

「アなのかウなのかはっきりしなさい。滑舌が悪いね」

「申し訳ありません、ちゃんと家で練習してきます」

「練習でどうにかなる世界じゃないよ」

カトウはマナ女王様と思わず目を合わせてしまったが、許可なく視線を合わせたことに関し特に注意もされなかった。

「まあ恵まれていることに、ポチはできるほうだけどね。練習しなくても、自分の状態をちゃんと言えたし。だからなおさら、できていたことができない時の怠慢が腹立たしいのよ」

一四年前に受けたアナウンサー選考の記憶が甦った。受験生一人あたり一分にも満たない一次面接で提出するエントリーシートを試験当日の朝、地元駅のそば屋のボックス席で書いたのであった。証明写真も無人撮影機で撮ったその場しのぎのなんともいい加減なものを使用したが、二〇〇〇人の受験生のうち、たった三人の内定者の一人となった。そんな自分のアナウンス能力が、最近は失われつつあった。ここでのプレイにより形骸化した仕事内容の事なかれ主義的側面に自覚的になったせいであり、アナウンサーとしての身体技法が自動的には繰り出されなくなった。全《すべ》てに自覚的なまま、再びアナウンス能力を取り戻したいとカトウは切に思った。女王様は窓際のスツールに置かれたカトウの鞄を手に取り、膝立ちでいる奴隷の前に置いた。

「この中に入っているんだろ、道具は。今日こそ潰してやるよ」

「それだけはご勘弁ください」

裏声混じりの涙声になっており、涙腺《るいせん》がゆるみ涙のレンズで視力が少し増した。両目裸眼〇・八からさらに増した視力で見えたものは、キャットスーツの右脚部表面のエナメルに浮かぶ誰かの体脂らしき白い曇りと、奥の窓側にあるグレーのカーテンの折り目であった。途端に、男特有の体臭を嗅いだような気がしたがそれが自分のものなのか自分以外の男のものなのかカトウにはわからなかった。

「浣腸とかバイブ、アナル全般、縄、聖水に黄金、磔《はりつけ》、やっていないプレイは他にもたくさんあるんだけどね」

少し屈《かが》んだマナ女王様から同じ高さの視線を向けられカトウは左斜め下を向いた。

「あと……三〇分ちょっとしか残ってないからね。さっさと潰しちゃいましょう」

マナ女王様は再び鞄の取っ手を掴み、カトウの目の高さへと掲げた。

「この中に、道具一式が入っているんだね」

はい、返事をしながら、カトウは鞄の中に入っている荷物の少なさに思い至った。クリアファイル一冊分の書類、筆記用具、空の弁当箱、財布と身分証明書くらいしか入っていない。ペンチやら金属類の道具が入っていないことにその軽さで女王様は気づいているはずで、カトウは厳しい罰を受けるのを覚悟した。

「さて、ポチの乳首、どうやって潰してやろうかね」

躊躇いの感じられぬ口調で言われたカトウは本当に鞄の中に道具が入っているのかと錯覚した。ダミーの爆弾は本物と同じように機能し、緊張状態を生んでいる。

「ほら」

マナ女王様が鞄のファスナーの取っ手を指でつまみ、その状態で静止させる。道具が入っていないかわりに局アナウンサーとしての社会的存在を証明する社員証が入っており、それを手に取られてしまうのは極めてマズいとカトウは焦った。外へコピーでも取らされに行くのか、それとも、あくまでも乳首潰しへと焦点は向けられたままになるのか。

あるいは……マナ女王様のとる間合いは不自然に長く、文脈を紡《つむ》ぐ限界、ということも充分考えられた。フリートークというアドリブの苦手な武内愛子の顔がマナ女王様に重なった。

覚悟を決めるときなのかもしれないとカトウは思った。左右どちらかの乳首を差し出すことでしか、この流れは先へと続かない。カトウはリードするように視界の右端にある黒いボストンバッグへと目を向けた。その視線を反射的にというふうにマナ女王様も追い、二人は同じ対象へと目を向けた。あの中にはおそらくペンチなどの道具が入っている。妻と娘の顔が頭をよぎるが、それも支配されたいという欲望に呑みこまれる。マナ女王様に再び見下ろされた時、カトウは顔を震わせ拒絶の反応をとる形で従属の意を表した。気が変わらぬうちに早く、この乳首を、潰せ――。

「カトウ先生、本当に潰しちゃっていいんですか」

カトウはその一言で身体の動きを停止させられた。

「どうしますか」

自分の聞き間違いでも彼女の言い間違いでもない。この場で使われるはずのない、敬語という異様な形式に、全身の感覚器官がおかしくなりかけた。

「カトウ先生、何か言ってもらわないと、こっちは何もわからないんですけど」

無許可で見る彼女の目には迷いがない。カトウは自動的に言葉を発することができなかった。うん、なのか、はい、なのか、奴隷として敬語を使ったままでいるべきかどうか、たったそれだけのことでも迷う。サトウ対マナ女王様という定まった立場の中で振る舞うことに慢心していたことにカトウは今さら自覚的になり、この新しい文脈に順応しなければならないと急いた。

「カトウ先生、土下座のポーズをしてください」

「はい」

敬語で命令されたカトウは敬語で返事をし、徹底的な土下座のポーズをとった。サトウでもポチでもなくなりカトウになった。だが今ここで口にされた「カトウ」という響きに、カトウは馴染みがなかった。身になじまない「カトウ」がここでサトウのように土下座をしていいものか、夜中に小便をする時に実は夢の中で現実には寝小便をしているのかと疑う時のような違和感をカトウは覚えていた。講師と学生の関係に移行するのであれば自分が奴隷の立場に留まる必然性はないが、カトウとして武内愛子に対し既に一度敬語を使ってしまっている流れを、今さら変えることもできない。言葉が重ねられてゆくほどに、その先どう転ぶかの自由は減る。

「娘さんはお父さんがこんなことしているなんて知らないんですよね、当然」

妻子の顔が再び意識上に現れ、徹底的にカトウとして扱われだした未知の屈辱の強烈さにカトウはセーフワードを意識したが、そもそもサトウとマナ女王様間では有効だったそれがここでも通用するものだとは思えなかった。社会的な自分が露出されるという新しい設定上で仕切り直されたこのプレイの中で、新しいルールを模索しなければならない。互いにマニュアルに頼れない攻防戦に神経はいつもより早く消耗し、アナウンサーを自然にやれなくなってきている最近の自分にも思い到った。たまたま適性があったというだけで役割を担《にな》わされた者が壁にぶち当たるのは当然だ。できていることがなぜできているのかを考えてこなかった。アナウンサーに、なりたい。プロ一三年目にしてカトウは初めてそう思った。

「カトウ先生にうかがいますけど、なんで乳首を潰してほしいんですか」

微笑しながら述べる女王様の口調にカトウは戸惑った。微笑は蔑みからではなく、困惑からくるものであると僅かな差異で認識できた。進退窮《きわ》まった末、開き直り、回避しようとしている。そしてさきほどまでは平気で乗り越えられると思っていた乳首潰しの痛みが、急にリアルに想像されるようになった。

「このプレイが終わったら、周りの人たちにはどう説明するんですか。乳首が潰れている理由を」

カトウと愛子として対峙《たいじ》してしまった限り、次のプレイがあるかどうかはわからない。

「このやりとりは、カトウ先生と私しか知らないんですよ」

二者間の外に出れば、損傷した乳首を理解される文脈はどこにも存在しない。

「それなのにどうして潰してほしがっているんですか？　三〇秒間で説明してください。シンキングタイム一五秒、スタート」

これで終わりにするとでもいうような開き直りの口調と表情で言われた。目の前に立つ女性の顔から、女王様の顔はほとんど消えかけている。これではいけないとカトウは思った。プレイは続けられなければならない。女王様からのなげやりなキュー出しの後、カトウは口を開いた。

「目の前にいる一人との関係性さえ構築できない人間は、社会や世界へ影響を及ぼすことなどできないからです。私がアナウンサーであるためには、愛子女王様たった一人と向き合うことに全力を注がねばならないのです。だから、潰してください。もう二度と同じ時間を共有できないかもしれないあなたと私のプレイのために、潰してください。乳首も惜しがるようでは、私は視聴者の皆様を裏切ることになってしまいます」

カトウが喋り終えても、武内愛子は立ったままなにか口にしようとしてなにも言えないでいる様子であった。

「批評をお願いします」

なんの返事もなく、掛け時計を見上げると終了時刻の約二分前であった。真面目に返されるとは予期しなかったか。プレイは、続けられなかった。

ありがとうございました、先にカトウが挨拶すると武内愛子もようやく返事をした。その声は張り詰めて硬かった。

一緒にホテルを後にし地下鉄の駅まで歩き始めた二人は、完全に講師と学生という関係で接するわけでもなかった。やがてカトウは、武内愛子の右膝頭に貼ってある絆創膏について訊ねた。

「これ、公園のぬかるみで転んじゃったんですよ」

「公園へ……散歩中とかにですか」

「アパートの壁が薄いので、声出し練習するには外へ出るしかないんですよ。カラオケ店なんかも夜中だと一人客は入店お断りで」

カトウは内心驚く。そこまで骨のある女だとは思っていなかった。そして声出し練習が、アナウンス以外の練習をさしている可能性もあるのだと気づいた。

「それでは、また」

「ありがとうございましたサトウ様。またよろしくお願いします」

地下鉄駅出入り口の階段近くでカトウは会釈を返し、すぐ近くにある他の地下鉄路線駅へと歩いた。

8

秋改編期の宣伝特番内の氷上チャンバラ合戦で芸人たちが氷風呂に落ちリアクションを競い合う中、長丁場で疲弊していたのか中堅芸人が落下した氷風呂の中で数秒間まったく寒そうなそぶりを見せず、お約束を壊した。呆気《あっけ》にとられた他の芸人たちもお約束を壊したことを笑う、という文脈頼りの芸へと転化させるチャンスを逃した矢先、それを庇《かば》うかのごとく対戦相手の大物芸人も落下した。そして氷風呂から立ち上がった大物芸人の露出された男根が見えているのは自分だけかとカトウは思った。観覧者たちの嬌声《きょうせい》とスタッフたちの慌てようから、生放送で全国へと発信されたと知る。実況についていたカトウの出番は幾人もの出演者たちの大仰な騒ぎ声により奪われ、男根露出も自作自演どころかすべてフェークの演出であるとでも強引に呑ませるようなタイミングでＣＭに入った。隠蔽されようとしたのは男根の露出という事故であるのは間違いがないが、次の持ち場へと移動するカトウの脳裏には、氷風呂に落ちたにもかかわらず数秒間呆《ほう》けたようになんのリアクションもしなかった中堅芸人の姿のほうが強烈な印象として残っていた。大物芸人が男根を露出してでも隠蔽せざるをえない状況に、あの数秒間はおかれていた。

午後五時から続く六時間番組の残り三分の一を前に、出演者たちが食事をとる休憩タイムに入った。昨今のテレビ局はどんな放送事故であっても結局のところ素知らぬふうを通すのが最良の選択であると学んでおり、男根露出による場の混乱も既におさまってきていた。午後九時前のニュースを挟んだ休憩タイム中にカトウは屋外ミニマラソンの実況の準備をする。入社以来一〇回近くになるこの出番を、カトウは春期より半年ぶりに担う。さきほどまでクイズ解答者席にいたうちの一〇名ほどが続々と局敷地内のスタート地点へと集まってきていた。売れていない者にとっては注目を浴びるためのチャンスで、腹黒いイメージを払拭したい者にとってはストイックさを示すための免罪符のようなものであり、参加希望者は多かった。

「休憩明けにクイズ数問やった後だから、あと二〇分くらいだな。久々の出番、期待しているよ」

「ありがとうございます、頑張りたいです」

妻子持ち大物芸人との不倫報道以来レギュラーをすべて降板させられていたタチバナ・シズエは、選手へのインタビューという軽い仕事であるにもかかわらず、二ヶ月弱ぶりのテレビ復帰に緊張しているように見えた。

「頑張ります、だよ。政治家じゃないんだから、断言しなきゃ」

ほのかに笑うタチバナの顔は、以前より痩《や》せたせいか、心情が直接的に表情に現れるようであった。そしてかつての不倫相手である大物芸人ツノダ・タクジがゼッケンをつけた姿でスタート地点へと近づいてきた時、タチバナの顔は無のような静けさを漂わせた。一連の不倫問題で何かを悟ったらしき女はツノダの接近に微塵も動じていないようで、それがかえってカトウに波乱の兆しを感じさせた。

「一分前です」

タイムキーパーのアナウンスで、一分後には提供読みが行われることが伝わる。その後は定刻までの数分間、スタジオのビュッフェスペースかこマラソンのスタート地点の様子が放送される。食事もせず各々でウォーミングアップやストレッチといった準備を行う出走者たちの中でも、不倫発覚後すぐタチバナを捨てた大物芸人ツノダはトレーナーらしき若い男をつけてフォームのチェックまでしており、一人だけ意気込みが違った。カトウはそれを、スタート地点から三メートルほどにある実況席で見ている。かねてからの目標とされてきた故郷での知事選出馬を前にし、タチバナとの不倫や暴力団との繋がりの噂、数年前に愛人を中絶させた事実まで、すべてをただ走ることにより帳消しにしようとしているかのようであった。

提供クレジットの背景に流れる映像のためカメラマンがツノダを中心とした構図で中継を始めた直後、取り巻き数人を連れた重鎮芸人カサマ・カズオが突如としてスタート地点へと乱入してきた。実況席の傍らのオンエアー確認用モニターにもカトウから三メートル以内で起こっているその模様が映し出されている。提供明けにもかかわらずスタジオからの仕切りは未だなかった。

『スタジオの機材トラブル発生、調整中につき開始は遅れ、休憩延長です』

装着しているヘッドセット越しに、指示が入る。余所《よそ》での仕事を終えて来たらしき重鎮カサマが、出走間近の芸人たちに手荒いちょっかいをだしていた。そしてこの現場に仕切り手は相変わらず誰もおらず、立場的にも距離的にもその役割に最も近いところにいるのが自分であるということにカトウは気づいた。スタッフの認識も同じようで、直後にカトウは乱入の実況中継を指示された。一通り大暴れした後、カサマは長いつきあいでもある大物芸人ツノダへと矛先を向ける。目視できる光景の中、そしてオンエアー確認用モニターの中でも、かつての下っ端であるツノダが重鎮カサマから水鉄砲で撃たれ大仰にわめいていた。身に染み着いているようなツノダの芸が見えた時、実況中のカトウは、政界という場違いなところへ身をおこうとしている不適格者への苛立ちを覚えた。自らの欲望のためなら他人を平気で傷つけられるような男を当選させてはならない。

『おまえ、あのお姉ちゃんのことも孕《はら》ませたんだっけか？』

タチバナを指さしながら発せられたカサマの言葉に、ツノダの顔がこわばり、周りにいるすべての出演者やスタッフたちも凍りついた。

カサマとしては自らの立場を活用し、後輩ツノダからたちのぼる不穏さをテレビの中で昇華させてやるという意図なのだろう。二台あるうち片方のカメラが、「お姉ちゃん」が誰かを説明するかのようにタチバナの顔をアップで捉えたのが視界の端にあるモニターでカトウにも確認できた。しかしマイクを持ちいつでも発言できるはずのタチバナはモニターの中で無表情のままなにも言わない。愛想笑い、といったアナウンサーとしての逃げ場さえ利用しない彼女の態度は異様で、画面はすぐにまたカサマとツノダを捉えるカメラに切り替えられると、カトウは二メートル以内にまで近づいてきていたツノダから視線を向けられた。

求められている。一瞬の判断の遅れで笑いにしそびれた事故を、仕切り役のアナウンサーが機転を利かせて隠蔽するというお約束を、求められている。

タチバナへ向けられていたカメラが自分へと向けられ、オンエアー確認用モニターにもこの顔が映されているのがカトウにはわかった。CM明けですぐにCMに戻ることはできず、乱入したばかりのカサマの存在が安易にスタジオの映像へと切り替えることも許さず、無害な被写体を探した末、中堅アナウンサーにカメラが向けられたか。カサマとタチバナ以外のすべての人間から、どうにかもみ消せという殺気にも近い圧力をぶつけられている。

喉頭《こうとう》を下げ口を開いたカトウは、ツノダの目から殺気が薄まるのを見てとると、再び口を閉じた。

誰も目を逸らすことの許されぬ永遠とも感じられる沈黙の後、スタジオからのメイン司会者の声により時間が動き出した時には、修復不可能な傷跡がこの空間に刻印されていた。

中継終了後、反省会が始まるまで皆が腫《は》れ物を扱うかのようにカトウから距離を置き、反省会でも頭ごなしにカトウを怒鳴りつける者はなかった。上司たちですら、カトウにどうアプローチすればよいのか決めかねているようであった。怒気よりも、妙な笑いに包まれている。

「顔が、なかったはずなのにねえ」

廊下で出会った報道局ニュース部長ノムラの声に、カトウは足を止めた。

「貴重な没個性だったのに、あなた、アナウンサーが、色を、自分の顔をもっては、いけないよ」

能面が喋っているように見える。

「未来の知事さんを、完全に殺してしまったね。声と顔に色が付いてしまっているよ。合成顔と言ったか？　それからも離れてしまい、最近の君の顔はひどいよ、カトウ君。急に色を、もしくは信念とやらか、余計な考えをもった若造がだな、引っかき回すなよ、テレビの世界を」

「ドキドキやったわ」

深夜に帰宅してすぐ、ソファーでのうたた寝から覚めたばかりといった寝間着姿のリカからカトウは言われた。

「タチバナの顔に、影響されて」

「あの子の方があんたに影響されたんちゃうん」

笑いながらのリカの言葉に、棘《とげ》でも含まれていたかとカトウは自問した。

「せやけど、私らにはああいうことやらんといてね」

アナウンサーからの逸脱には目を瞑《つむ》れても、夫と父であることからの逸脱は認めないということか。ふと、カトウはリカとの間に境を感じた。ここしばらくの間に見せつけられてきた夫の不可解な行動の片鱗《へんりん》になにかを感じ、夫婦の片割れであり続けるということから彼女が逸脱する可能性もあるのだとカトウは気づいた。生きている限り、境が消えることなどない。妻子が離れてゆくかもしれない危険を冒してまでＳＭに固執する必要はなく、日常生活の中で、境を意識し続けるべきなのではないかとカトウは思った。

長髪の男子学生がモニターにフレームインしてきた。スタジオの席に座り正面を向いた顔に、カトウは覚えがない。どこかしらのスクールに通っていたのなら髪型についても指導を受けているはずだ。四次面接のカメラテストまで進んできたのだから、それを補う特別な長所でもあるのか。これまでの原稿読みや自己PR、筆記試験の結果が良くても、カメラテストの出来は決定的だ。カメラのレンズ越しの姿をカトウたち編成局アナウンス部や制作局、人事部の代表者たち数人によりチェックされる過程で、受験者本人たちは自らをふるいにかけるカメラとの相性が良いことを祈るしかない。

9

『前髪、上げてください』

スピーカーから、スタジオにいる人事担当者が学生に向けた言葉が聞こえてくる。男子学生は右手で前髪を上げ額を出した。現段階で一七人に絞られているこの試験を通れば、次に役員面接と健康診断があり、それも通れば人事担当者による最終面接だ。一七人のうち男子学生は六人で、そのうちの一人に鈴本という姓の男子学生がいた。

この局に貢献した元解説委員スズモト・サチエの息子であるとのことだったがカトウには細かいプロフィールは渡されておらず、ただモニター越しに判断することだけを任されていた。今選考中である長髪の男子学生の前にテストを受けた鈴本のサ行の発音の下手さは大目に見ても二次面接までには落とされるレベルで、それにもかかわらずここまで残ったという事実が、逆説的に彼の世襲当確を示していた。おそらく鈴本自身はそれなりの熱意を抱き努力もしてきており、上層部でも数年に一人のコネ採用枠を適用させるか、慎重な話し合いが行われたのであろう。今年採用する三人枠のうち少なくとも男性一人枠は埋まってしまったことになる。コネ入社の決まっている学生が、局運営のアナウンススクールの実績作りのため数日間から数週間ほど形だけ入学させられる、というのはどこの局でも聞く話だ。真実を知っているのは各スクールの幹部たちだけで、他学生や一般講師たちですらそのことは知らされないまま、夢を実現させるため共に切磋琢磨《せっさたくま》する。カトウが担当した学生たちの中にも、コネ入社の学生がいないとも限らなかった。

『横顔オッケーです。それでは次に、その原稿を読んでください』

「イヴニング・キャスト」で実際に使用される二階のスタジオにいる人事担当者や学生の生の声は聞こえない。同じ階の、可動パーテーションで仕切られた特設の小部屋の中で、カトウたち五人の局員が一台の五〇インチモニターを前に立っていた。スタジオで学生の生の姿をチェックする者たちも数人配置されているが、重視されるのは生の姿ではなくカメラを通しての姿だ。

『日本と台湾が、沖縄県の尖閣《せんかく》諸島周辺海域での漁業の具体的な操業ルールを決める日台漁業交渉が……』

長髪の男子学生は原稿読みが上手《うま》いわけでもなかった。第一次面接の日から最終選考まで、約二週間で終わる。数千人もの学生たちをたったそれだけの短期間で二〜三人にまで絞るのだから、間違いが生じる余地はあった。一四年前、その余地にたまたま紛れこめたのが自分だとカトウは思う。

『それでは次に、今から起こることに関してなにか喋ってください』

学生の視線はフレームの外へ向けられていた。やがて右端から、恐竜に似た黒い怪獣が姿を現した。

『え……あ、ただ今化け物が、スタジオに現れました！』

過去に特撮番組で使われた怪獣スーツの中に入っているのはプロスーツアクターか。ゆっくりとした足の運びと連動しない腕の細かい動きには生命感が溢れていた。

『ああ、ええ、二足歩行のゴジラみたいな恐竜が、黒い怪獣が、スタジオの中をゆっくり歩き、セットのテーブルを迂回して、私のほうへと近づいてきています！　私は、どうしたらいいんでしょうか、ああ、壇上に上がり、半径三メートル以内にまで近づきました、どうしましょう、ああどうもはじめまして、下寺と申します』

すぐ側にまで迫ってきた怪獣に向かい学生が雑なお辞儀をし顔を上げたところで、怪獣は突っ立っているだけだった。

『あの……まだ試験中ですか？』

怪獣から目をそらしカメラを向きながら学生は訊くが、それに応える声は一切ない。時間の縛りもなく、スタジオの人事担当者に止められない限り、続けなければならない。

『あ、ありがとうございました！』

無音だったライブ映像の中、学生は突然カメラと怪獣に向かってそれぞれ深いお辞儀をした。ディスプレイに映っていない人事担当者からようやく声がかけられ、他のスタッフたちが動き出す気配も伝わってきた。学生は憔悴《しょうすい》しきった様子であった。終わらせるべきでないところで強引に終わらせてしまった。午前一〇時から見てきてこれで一一人目であるが、このアドリブ力審査の終わらせ方は各人様々であった。立ち尽くし約五分間ただ泣き続けた女子学生もいた。それが素の反応であったのか作為的であったのかはわからない。ただ、天然でやっている者の実況にはどこかに必ず穴があった。作為的にやる方が天然な行動より必然性に満ちているというのはおかしなことであったが、人間の意識が作意に満ちているぶんそれも自然なのかもしれなかった。対処方法を教わらなかったであろう事態を前に、約半数は思考停止のうちに終わりを迎えている。採点用紙への記入を終え、小部屋の代表として人事部の人間がスタジオへ採点完了の連絡を入れると、モニター越しに次の審査が始まる旨《むね》を告げられた。カトウも次の用紙をめくる。

『武内愛子さん』

『はい』

ここ一ヶ月弱はSMクラブのシフトにほとんど入っていなかった彼女を、久々に見た。控えめの化粧が施された顔は、アナウンススクールで見てきた顔とも違う。あるいは単にディスプレイ越しに見る顔が自分にとって初めてというだけなのかもしれないとカトウは思った。カメラのレンズとモニターを通せば白はより白く、黒はより黒く、現実よりコントラストが強調される。前髪上げや横顔のチェック等を滞りなく終えた後、ニュース原稿読みのテストが始まった。

『京都府亀岡《かめおか》市で、無免許の少年が運転する車が集団登校の……』

発音障害や欠点はない。中音域をわずかに増幅させるマイクを通しているからか、プロと遜色《そんしょく》ないように聞こえた。四本の原稿を読んだ後、武内愛子はカメラの方をまっすぐ向いて次の指示を待つ。

あの目だ。カトウの身が固まった。繰り出される身勝手な要望を、待ち構えている。カトウはモニター越しに自分の姿を捉えられているかのような錯覚に陥った。

『それでは次に、これから起こることについて、アドリブで喋ってください』

『はい』

最後のプレイ時には奴隷のフリートークに対し何も返せず、アドリブを実行できなかった彼女にこれができるのか。セット中央の席に座る武内愛子が左を向いた。引きの画面の中、右端から黒い影がゆっくりとフレームインする。武内愛子はわずかに右の眉根を上げた後、立ち上がりもせず黒い怪獣を見据えたまま口を開いた。

『あなたは誰ですか？』

怪獣の腕の動きが止まり、前傾気味だった上半身が直立する。途端に、スーツを着た中の人の存在感が露わとなった。怪獣に対し皆受け身になる、という文脈に従いモニターを見ていたカトウも不意を突かれた。怪獣の動きという身体技法にのっとり再び動き出した相手の四肢を武内愛子は座ったまま刺すような視線で見た。

プレイは続けられている。

『黒くて皮膚も硬そうですね』

臆する気配が微塵も感じられない。カトウは身が揺るがされるのを感じた。アナウンサーに、なられてしまう。同じ職場で自分に関与されれば、なにかしらの変容を迫られる。変容には恐怖がともなう。モニターの四角い世界の中が必然性で満たされはじめていた。黒い影が、女王様の真横にまで迫った。この段階にきてまで座ったままでいる受験生は一人もいなかった。

『あなたはいったい、誰？』

間近で発せられた言葉に、怪獣の動きが止まった。

『どういうことか説明して』

怪獣が、さきほどの男子学生のようにあらぬ方向へ何度か顔を向け、それまでとはかけ離れた普通の人間の動きを見せた。人事担当者も、止めることを忘れてしまっている。九〇分間のプレイとは違い、止められない限りいくらでも続く。

「なんなんだ、あの子」

小部屋の中で情報制作局のマカベが苦笑しながら同意を求めるようにまわりをうかがうのが音でわかるが、カトウと、その右隣にいる報道局政治部の記者は黙ったままモニターから目を離すことができないでいる。

『黙ってちゃわかんないよ』

その一言で、怪獣が反射的ともいえる速さで両膝をついた。奴隷のポーズ、のようにカトウには見える。ただ人々の前に姿を現すだけで自然と形成される〝怪獣〟という文脈が、完全に踏みつぶされた。

『で、その先はどうするの？』

かなりきわどい。自発的に発信するという態度に、視聴する側は変容を促され、恐怖すら感じてしまう。

「放送事故だ」

余裕を失った口調でマカベが言う。スポンサーに隷属するテレビ局、局に隷属し害のない情報しか口にしないアナウンサーたちに変容を促せば、彼のように心中穏やかでいられない者も出てくる。

「この子、型破りで面白いね」

「通してあげても、このあと上がどう判断するかはわからないですけどね。普通の面接で、良さが伝わるかどうか」

報道局政治部記者と人事部の人間が言葉を交わしていた。

「カトウ、最後にテレビへ出た時のおまえみたいだな」

六年先輩のマカベからの嫌味にカトウはわずかに首を横に振る。

「まだ終わりじゃない」

カトウのつぶやきは、スピーカーから漂う無音の圧力にかき消された。黒い影が奴隷のポーズをとった状態で微動だにせず、モニターに切り取られた光景は額縁の中の静止画となっている。カトウたちのいる側の空間も同じだった。誰もが選択肢をなくされている。断てた気になっていた欲望の兆しが増幅しカトウがのみこまれるまで、一瞬だった。アイコがカメラに向き直り、視聴者カトウは目を逸らすが、視線はより強く感じられた。その視線に捉えられている限り、カトウ・アキトの輪郭を信じることができると思った。

小説家は変態くらいでちょうどいい

島田雅彦

若い頃から書いている作家は、たいていの場合、「影響の不安」に晒《さら》される。それは遅れてきた者が先行者に対して抱く不安を意味し、あらゆる手法やテーマはすでに書き尽くされており、無意識にそれを踏襲せざるを得ず、新機軸を打ち出すことができないのではないか、と後発者は悩むのである。それは手法やテーマだけでなく、ジンクスのようなものも含まれている。

たとえば、ベートーベンは九つの交響曲を残し、十番目の交響曲は完成できなかった。その後に続いた交響曲作者たちは、ベートーベンの影響の不安を抱え込み、結果的にシューベルトもブルックナーも、マーラーも、ドボルザークも十番目の交響曲は書き上げられなかった。

日本近代文学においても、作家たちは無意識に、影響の不安に晒されてきた。端的には年齢の問題がある。二十四歳で死んだ樋口《ひぐち》一葉や三十一歳で死んだ梶井《かじい》基次郎、三十五歳で死んだ芥川龍之介《あくたがわりゅうのすけ》ら、夭折《ようせつ》の作家がどの年齢でどの作品を書いたか、そして、自分はそれに匹敵するものが書けるだろうか、と若くして書き始めた作家はナルシスティックに思うものなのだ。十七歳でフライング的にデビューした羽田圭介も多少はそのことを考えたようであるが、デビュー後に楽しい大学生活と就職でやや回り道をしたのち、二十五歳くらいになって、本格的に小説家になり直そうと決意したため、あまり思い詰めずに済んだようである。

もちろん若手作家は、文学史的な流れをお勉強して全部フォローした上で書く必要はなく、現在の風俗を生きている主役であることの役得を大いに生かす道がある。しかし、青春小説の書き手の寿命は短く、もって十年。その後も書き続けるならば、別の小説家に生まれ変わらなければならないので、羽田圭介の回り道はその準備期間になっただろう。

じきに三十になる羽田はどんなテーマも消化しようとする雑食性を身につけた。今回は在宅介護、前回はＳＭ、以前には就活など、その時々のテーマを扱いつつ、そのテーマに対する一般的な認識の向こう側に突き抜けた時、羽田の筆は最もよく走る。「メタモルフォシス」はＳＭにのめり込む主人公の生真面目《きまじめ》で、説明過多の自己批評がハードボイルド調で語られる作品だ。あらゆるプレイがおカネになるビジネスライクなSM業界と成果至上主義に踊らされる証券ブラック企業の対比もエッジが利《き》いている。新自由主義下における悪《あ》しき成果主義の影響が大学にも及んでいて、学生もそれに過剰適応するかたちで、「これは役に立つんですか？」とか「就職に有利ですか？」といった基準であらゆることを判断していくのを、私は苦々しく受け止めているけれども、羽田の描く主人公がユニークなのは、そうした現代の風潮にどっぷり浸《つ》かりながら、暮らしているのだが、認識が微妙にずれているところだ。

このずれは創造的勘違いといい換えることもできる。実は勘違いや誤読は先行者の影響の不安を軽減し、後発者に大いなる創作の自由をもたらしもする。

在宅介護というテーマで書かれた芥川賞受賞作の『スクラップ・アンド・ビルド』と一風変わったSM小説である本作『メタモルフォシス』は兄弟のような作品で、視野の狭い主人公が自分なりのセオリーを前面に押し出し、ある目的達成のためにしゃかりきに努力する設定もよく似ている。だが、「こんな小説を書いています」と名刺がわりにしたいのは、「メタモルフォシス」の方だと羽田自身は述べている。

主人公は常に生真面目に悪戦苦闘しているが、むろん、笑いを取ろうと思ってやっているわけではなく、百二十パーセントもの過剰な努力を傾注して、状況に向き合っているのである。そのひたむきさがハマっている時もあれば、思い切りちぐはぐな時もある。「この主人公、天然ボケだろ」と読者を呆《あき》れさせる場面が多々ある。他人の勘違いは笑える。ドン・キホーテは、本人はいたって大真面目、だけど、はたから見ているとおかしい。そこに生まれるのがユーモアであるが、ユーモアには冷徹な自己批評が伴っている。

「メタモルフォシス」はほとんど純文学伝統の闘病記かと思うほどに、SMプレイに真剣に取り組み、死にそうな目に遭う自己の観察を徹底している。その几帳面《きちょうめん》な描写はマルキ・ド・サドの文体を想《おも》わせもするし、自己懲罰を通じて、イエスの受難を我が身に引き受けようとするカソリックの求道小説や記録を目指すアスリートの日記にも似ている。

羽田と対談する機会があったが、その時、彼はこんなことをいっていた。

『スクラップ・アンド・ビルド』、「メタモルフォシス」の原点になった「トーキョーの調教」は、まさに「迂回《うかい》」の問題から始まったんです。ドMの男が出てきて「乳首を、潰《つぶ》してください」って叫ぶんですが、雇われに過ぎない女王様は客の乳首なんかつぶしたくないわけですよ。高圧的な立場を保ちながら、女王様がつぶさないで済む迂回路をどうやって取るかというイメージから、小説を膨らませました。

あれかこれか、右か左か、善か悪か、生か死かといった二元論に還元できないもの、セオリー通りにはいかない例外を丹念に拾い集めるのが、小説というジャンルの持ち味であるから、社会学や経済学、人類学などのピンポイントの問題解決法とは相容《あいい》れない。颯爽《さっそう》と問題解決を図るよりは、時に見当違いを犯しながら、回り道をし、ああでもない、こうでもないと逡巡《しゅんじゅん》することを好む。これは小説家的な資質である。

小説は基本的にコトバを素材にしたものづくりで、作り手の創意工夫や技巧を見せるという芸の世界でもある。人間の生理や感覚、感情にダイレクトに訴えかけてくるコトバにはやはり、職人的な手間がかかっている。意味的なつながりを持った出来合いのコトバはいくらでもある。四文字熟語や慣用句、紋切型を組み合わせれば、もっともらしいことは書ける。当たり障《さわ》りのないことをいうためには、カスタマイズされた表現を踏襲すればそれでよい。しかし、小説はその対極にあって、既成のイメージ、紋切型を一度分解し、コトバの最小単位である単語や音節から意味やイメージを組み立ててゆくジャンルなのだ。一語ずつ、一文字ずつ、積み重ね、組み合わせることによって、連続性、スピード、コンテクスト、意味、そして感情を生み出してゆく。その作業工程は無数の組み合わせの可能性を吟味し、選択することにほかならない。文を書くということはすなわち、自明のことを疑い、出来合いの意味を解体することなのである。

そのことに自覚的にコトバを扱うようになった羽田は、デビューから十二年かけて、小説家としての自分を見事に改造したのである。おのが特性である雑食性を存分に生かせば、政治や経済、犯罪、歴史、恋愛、病気、天災、科学などあらゆる領域に、悪戦苦闘するキャラクターを送り込み、その世界の禍々《まがまが》しい現実を写し取ってくるだろう。こういう不吉な語り部を世に送り出すのは、くだらない奴《やつ》がのさばる不愉快な社会にコトバの時限爆弾を仕掛けるようで、心躍る。

（平成二十七年九月、小説家）

この作品は平成二十六年七月新潮社より刊行された。

遠藤周作著
白い人・黄色い人
芥川賞受賞
ナチ拷問に焦点をあて、存在の根源に神を求める意志の必然性を探る「白い人」、神をもたない日本人の精神的悲惨を追う「黄色い人」。

遠藤周作著
砂の城
過激派集団に入った西も、詐欺漢に身を捧げたトシも真実を求めて生きようとしたのだ。ひたむきに生きた若者たちの青春群像を描く。

遠藤周作著
沈黙
谷崎潤一郎賞受賞
殉教を遂げるキリシタン信徒と棄教を迫られるポルトガル司祭。神の存在、背教の心理、東洋と西洋の思想的断絶等を追求した問題作。

遠藤周作著
イエスの生涯
国際ダグ・ハマーショルド賞受賞
青年大工イエスはなぜ十字架上で殺されなければならなかったのか——。あらゆる「イエス伝」をふまえて、その〈生〉の真実を刻む。

遠藤周作著
侍
野間文芸賞受賞
藩主の命を受け、海を渡った遣欧使節「侍」。政治の渦に巻きこまれ、歴史の闇に消えていった男の生を通して人生と信仰の意味を問う。

遠藤周作著
満潮の時刻
人はなぜ理不尽に傷つけられ苦しみを負わされるのか——。自身の悲痛な病床体験をもとに、『沈黙』と並行して執筆された感動の長編。

大江健三郎著

死者の奢り・飼育

芥川賞受賞

黒人兵と寒村の子供たちとの惨劇を描く「飼育」等6編。豊饒なイメージを駆使して、閉ざされた状況下の生を追究した初期作品集。

大江健三郎著

われらの時代

遍在する自殺の機会に見張られながら生きてゆかざるをえない"われらの時代"。若者の性を通して閉塞状況の打破を模索した野心作。

大江健三郎著

性的人間

青年の性の渇望と行動を大胆に描いて波紋を投じた「性的人間」、政治少年の行動と心理を描いた「セヴンティーン」など問題作3編。

大江健三郎著

見るまえに跳べ

処女作「奇妙な仕事」から3年後の「下降生活者」まで、時代の旗手としての名声と悪評の中で、充実した歩みを始めた時期の秀作10編。

大江健三郎著

個人的な体験

新潮社文学賞受賞

奇形に生れたわが子の死を願う青年の魂の遍歴と、絶望と背徳の日々。狂気の淵に瀕した現代人に再生の希望はあるのか？　力作長編。

大江健三郎著

同時代ゲーム

四国の山奥に創建された《村＝国家＝小宇宙》が、大日本帝国と全面戦争に突入した⁉　特異な構想力が産んだ現代文学の収穫。

川端康成著
雪国
ノーベル文学賞受賞

雪に埋もれた温泉町で、芸者駒子と出会った島村――ひとりの男の透徹した意識に映し出される女の美しさを、抒情豊かに描く名作。

川端康成著
伊豆の踊子

伊豆の旅に出た旧制高校生の私は、途中で会った旅芸人一座の清純な踊子に孤独な心を温かく解きほぐされる――表題作等4編。

川端康成著
掌の小説

優れた抒情性と鋭く研ぎすまされた感覚で、独自な作風を形成した著者が、四十余年にわたって書き続けた「掌の小説」122編を収録。

川端康成著
舞姫

敗戦後、経済状態の逼迫に従って、徐々に崩壊していく〝家〟を背景に、愛情ではなく嫌悪で結ばれている舞踊家一家の悲劇をえぐる。

川端康成著
みずうみ

教え子と恋愛事件を引き起こして学校を追われた元教師の、女性に対する暗い情念を描き出し、幽艶な非現実の世界を展開する異色作。

川端康成著
眠れる美女
毎日出版文化賞受賞

前後不覚に眠る裸形の美女を横たえ、周囲に真紅のビロードをめぐらす一室は、老人たちの秘密の逸楽の館であった――表題作等3編。

太宰治著　晩年

妻の裏切りを知らされ、共産主義運動から脱落し、心中から生き残った著者が、自殺を前提に遺書のつもりで書き綴った処女創作集。

太宰治著　斜陽

〝斜陽族〟という言葉を生んだ名作。没落貴族の家庭を舞台に麻薬中毒で自滅していく直治など四人の人物による滅びの交響楽を奏でる。

太宰治著　ヴィヨンの妻

新生への希望と、戦争の後も変らぬ現実への絶望感との間を揺れ動きながら、命をかけて新しい倫理を求めようとした文学的総決算。

太宰治著　人間失格

生への意志を失い、廃人同様に生きる男が綴る手記を通して、自らの生涯の終りに臨んで、著者が内的真実のすべてを投げ出した小説。

太宰治著　パンドラの匣《はこ》

風変りな結核療養所で闘病生活を送る少年を描く「パンドラの匣」。社会への門出に当って揺れ動く中学生の内面を綴る「正義と微笑」。

太宰治著　きりぎりす

著者の最も得意とする、女性の告白体小説の手法を駆使して、破局を迎えた画家夫婦の内面を描く表題作など、秀作14編を収録する。

夏目漱石著 **倫敦塔《ロンドンとう》・幻影《まぼろし》の盾《たて》**

謎に満ちた塔の歴史に取材し、妖しい幻想を繰りひろげる「倫敦塔」、英国留学中の紀行文「カーライル博物館」など、初期の7編を収録。

夏目漱石著 **三四郎**

熊本から東京の大学に入学した三四郎は、心を寄せる都会育ちの女性美禰子の態度に翻弄されてしまう。青春の不安や戸惑いを描く。

夏目漱石著 **門**

親友を裏切り、彼の妻であった御米と結ばれた宗助は、その罪意識に苦しみ宗教の門を叩くが……。「三四郎」「それから」に続く三部作。

夏目漱石著 **行人**

余りに理知的であるが故に周囲と齟齬をきたす主人公の一郎。孤独に苦しみながらも、我を棄てることができない男に救いはあるか？

夏目漱石著 **硝子戸の中**

漱石山房から眺めた外界の様子は？ 終日書斎の硝子戸の中に坐し、頭の動くまま気分の変るままに、静かに人生と社会を語る随想集。

夏目漱石著 **文鳥・夢十夜**

文鳥の死に、著者の孤独な心象をにじませた名作「文鳥」、夢に現われた無意識の世界を綴り、暗く無気味な雰囲気の漂う、「夢十夜」等。

三島由紀夫著

仮面の告白

女を愛することのできない青年が、幼年時代からの自己の宿命を凝視しつつ述べる告白体小説。三島文学の出発点をなす代表的名作。

三島由紀夫著

花ざかりの森・憂国

十六歳の時の処女作「花ざかりの森」以来、巧みな手法と完成されたスタイルを駆使して、確固たる世界を築いてきた著者の自選短編集。

三島由紀夫著

愛の渇き

郊外の隔絶された屋敷に舅と同居する未亡人悦子。夜ごと舅の愛撫を受けながらも、園丁の若い男に惹かれる彼女が求める幸福とは？

三島由紀夫著

潮(しおさい)騒

新潮社文学賞受賞

明るい太陽と磯の香りに満ちた小島を舞台に海神の恩寵あつい若くたくましい漁夫と、美しい乙女が奏でる清純で官能的な恋の牧歌。

三島由紀夫著

美徳のよろめき

優雅なヒロイン倉越夫人にとって、姦通とは異邦の珍しい宝石のようなものだったが……。魂は無垢で、聖女のごとき人妻の背徳の世界。

三島由紀夫著

永すぎた春

家柄の違いを乗り越えてようやく婚約にこぎつけた若い男女。一年以上に及ぶ永すぎた婚約期間中に起る二人の危機を洒脱な筆で描く。

吉行淳之介著
原色の街・驟雨
芥川賞受賞

心の底まで娼婦になりきれない娼婦と、良家に育ちながら娼婦的な女――女の肉体と精神をみごとに捉えた「原色の街」等初期作品5編。

吉行淳之介著
娼婦の部屋・不意の出来事
新潮社文学賞受賞

一娼婦の運命の変遷と、〝私〟の境遇の変化を照応させつつ描いて代表作とされる「娼婦の部屋」。他に洗練された筆致の多彩な作品集。

吉行淳之介著
砂の上の植物群

常識を越えることによって獲得される人間の性の充足！ 性全体の様態を豊かに描いて、現代人の孤独感と、生命の充実感をさぐる。

吉行淳之介著
夕暮まで
野間文芸賞受賞

自分の人生と〝処女〟の扱いに戸惑う22歳の杉子に対して、中年男の佐々の怖れと好奇心が揺れる。二人の奇妙な肉体関係を描き出す。

森鷗外著
キタ・セクスアリス

哲学者金井湛なる人物の性の歴史。六歳の時に見た絵草紙に始まり、悩み多き青年期を経ていく過程を冷静な科学者の目で淡々と記す。

森鷗外著
阿部一族・舞姫

許されぬ殉死に端を発する阿部一族の悲劇を通して、権威への反抗と自己救済をテーマとした歴史小説の傑作「阿部一族」など10編。

武者小路実篤著
愛と死
小説家村岡が洋行を終えて無事に帰国の途についたとき、許嫁夏子の急死の報が届いた。至純で崇高な愛の感情を謳う不朽の恋愛小説。

中村文則著
悪意の手記
いつまでもこの腕に絡みつく人を殺した感触。人はなぜ人を殺してはいけないのか。若き芥川賞・大江賞受賞作家が挑む衝撃の問題作。

中村文則著
迷宮
密室状態の家で両親と兄が殺され、小学生の少女だけが生き残った。迷宮入りした事件の狂気に搦め取られる人間を描く衝撃の長編。

田中慎弥著
切れた鎖
三島由紀夫賞・川端康成文学賞受賞
海峡からの流れ者が興した宗教が汚す、旧家の栄光。因習息づく共同体の崩壊を描き、格差社会の片隅から世界を揺さぶる新文学。

北村薫著
おーなり由子絵
月の砂漠をさばさばと
9歳のさきちゃんと作家のお母さんのすごす、宝物のような日常の時々。やさしく美しい文章とイラストで贈る、12のいとしい物語。

金原ひとみ著
マザーズ
ドゥマゴ文学賞受賞
同じ保育園に子どもを預ける三人の女たち。追い詰められる子育て、夫とのセックス、将来への不安……女性性の混沌に迫る話題作。

メタモルフォシス

新潮文庫　は－65－1

平成二十七年十一月一日発行
平成二十八年二月五日三刷

著者　羽《は》田《だ》圭《けい》介《すけ》

発行者　佐藤隆信
発行所　株式会社　新潮社
郵便番号　一六二―八七一一
東京都新宿区矢来町七一
電話　編集部(〇三)三二六六―五四四〇
　　　読者係(〇三)三二六六―五一一一
http://www.shinchosha.co.jp

価格はカバーに表示してあります。

乱丁・落丁本は、ご面倒ですが小社読者係宛ご送付ください。送料小社負担にてお取替えいたします。

印刷・大日本印刷株式会社　製本・株式会社植木製本所

ISBN978-4-10-120161-0 C0193